DU MÊME AUTEUR

Récits

LA CHUTE DE CHEVAL, Gallimard, 1998 (prix Roger Nimier). Folio, n° 3335, édition augmentée. La Bibliothèque Gallimard, n° 145, présentation et dossier de Geneviève Winter.

BARBARA, CLAIRE DE NUIT, La Martinière, 1999. Folio, n° 3653, édition augmentée. Gallimard, 2017, nouvelle édition augmentée.

THÉÂTRE INTIME, Gallimard, 2003 (prix Essai France Télévisions). Folio, n° 4028, édition augmentée.

BARTABAS, ROMAN, Gallimard, 2004 (prix Jean Freustié). Folio, n° 4371, édition augmentée.

SON EXCELLENCE, MONSIEUR MON AMI, Gallimard, 2008 (prix Prince Pierre de Monaco ; prix Duménil). Folio, n° 4944, édition augmentée.

OLIVIER, Gallimard, 2011 (prix Marie-Claire). Folio, n° 5445, édition augmentée.

LE SYNDROME DE GARCIN, Gallimard, 2018 (prix Humanisme et médecine). Folio, n° 6706.

Romans

C'ÉTAIT TOUS LES JOURS TEMPÊTE, Gallimard, 2001 (prix Maurice Genevoix). Folio, n° 3737.

LES SŒURS DE PRAGUE, Gallimard, 2007. Folio, n° 4706.

L'ÉCUYER MIROBOLANT, Gallimard, 2010 (prix Pégase Cadre Noir). Folio, n° 5319.

BLEUS HORIZONS, Gallimard, 2013 (grand prix Henri-Gal de l'Institut de France ; prix François Mauriac ; prix Jean Carrière ; prix des Romancières). Folio, n° 5805.

Essais

POUR JEAN PRÉVOST, Gallimard, 1994 (prix Médicis Essai ; grand prix de l'Essai de la Société des Gens de Lettres). Folio, n° 3257.

Suite des œuvres de Jérôme Garcin en fin de volume

LE DERNIER HIVER DU CID

JÉRÔME GARCIN

LE DERNIER HIVER DU CID

nrf

GALLIMARD

À Anne-Marie,
l'infante du Cid, *fille de roi,*
avec tout mon amour.

« — Quelle pensée s'impose souvent à vous ?
— L'urgence des choses que je dois faire.
— Qu'est-ce qui vous étonne dans la vie ?
— Sa brièveté. »

GÉRARD PHILIPE,
Arts, 1958

« La mort a frappé haut. »

JEAN VILAR,
Chaillot, 25 novembre 1959

RAMATUELLE

août 1959

Ce n'est pas, il en rêve si souvent, il en connaît les moindres allusions, il la regrette déjà, la douce fatigue des jours heureux. Elle apparaît toujours au même moment, quand le soleil se love en bâillant derrière la colline. L'air pastel libère alors ses parfums collants de résine et de mimosa, il sent le travail accompli. Torse nu depuis l'aube, il a porté tour à tour sur ses épaules deux petits enfants ardents, jamais rassasiés, joué avec eux sur le sable blond de Pampelonne, exulté dans une mer d'huile, édifié devant la maison des murets en pierres sèches, de rectilignes restanques aux allures d'escaliers italiens, débroussaillé sous les pins qui se dressent au bout de la terrasse pour prévenir les incendies, arraché de mauvaises herbes jaunies, arrosé les lauriers-roses et les jeunes eucalyptus, inspecté les vignes du bas jusqu'au vieux lavoir et tressauté sur le siège rapiécé du tracteur, un pétaradant modèle d'avant guerre. Après s'être tant dépensé, tant donné, tant oublié, avoir été aimant, radieux, opiniâtre et utile, le jeune père capitule avec une volupté qui est sa récompense. Il souffle comme un manœuvre sur un chantier en bonne voie, au milieu des gravats encore chauds.

Non, à La Rouillière, cet été 1959, la fatigue n'a pas pour lui le goût acidulé du bonheur simple. Chaque jour, l'obsédante cymbalisation, la cuisante chaleur de midi et sa lumière trop blanche semblent l'exacerber. Le matin, lorsqu'il descend, après une nuit agitée, de la grande chambre carrelée de rouge dont les fenêtres ouvrent sur la frondaison du platane centenaire ayant résisté à tous les siroccos, tous les mistrals, il est déjà exténué. Comme dédoublé. Une part réelle, l'autre fantomatique. Sans miroir entre les deux. Même son beau sourire paraît obligé. On le dirait figé en noir et blanc par un photographe d'Harcourt en embuscade. Et ces étranges douleurs au ventre, qui le lancent et qu'aucun antalgique ne parvient décidément à faire taire.

Sans plaisir, il boit un café noir dehors, entre les deux néfliers et les deux kakis, là où Valentine Schlegel, la belle-sœur, costumière, accessoiriste de Jean Vilar, dessinera bientôt une table en pierre à laquelle la céramiste sétoise a voulu donner la forme lointaine d'un pin parasol en même temps que laisser une petite trace du festival d'Avignon sous le ciel de Ramatuelle. Les enfants, Anne-Marie, quatre ans et demi, et Olivier, trois ans, sautent sur ses genoux et demandent le programme quotidien des réjouissances : marché à Saint-Tropez, sur la place des Lices transformée en immense tableau d'Arcimboldo, baignade à l'Escalet ou cueillette de légumes dans le potager ordonnancé au creux du vallon par Monsieur Cauvière, le patron bonhomme du Café de l'Ormeau, toujours en maillot de corps et une Gauloise sans filtre au bec ? Anne leur demande de se calmer, de ne pas importuner leur père. Il a droit aussi à des vacances. Pourtant, elle seule n'est pas dupe, et s'inquiète. Elle ne s'accommode pas de l'énigmatique lassitude dont son mari, qui a l'allure d'un grand adolescent à peine fini, est la proie depuis quelques semaines ni de ses lancinantes brûlures abdominales. D'habitude, elle le trouve aussi résistant qu'une fibre de sisal. Elle ne l'a jamais entendu se plaindre. La lâcheté du prince de Hombourg l'a toujours épargné.

Elle l'a vu jouer *Le Cid* à Avignon avec une jambe plâtrée et les ligaments des genoux rompus, après une chute de deux mètres cinquante lors d'une répétition, raisonner ses douleurs tout au long du spectacle, faire bonne figure, venger son père et implorer Chimène sans jamais quitter son fauteuil. Elle était là lorsque, pendant les week-ends artistiques de Suresnes, il enchaînait *Hombourg* et *Lorenzaccio*, incarnait successivement, avec une égale ferveur, Rodrigue, Ruy Blas ou Richard II, ne faillait jamais à son devoir ni ne paraissait le moins du monde surmené. Elle avait admiré sa manière de galoper à bride abattue dans *Fanfan la Tulipe*, lui qui n'était pas cavalier (« Il jouait si bien, concédait Christian-Jaque, que même le cheval croyait qu'il savait monter »), ou sauter, sabre au poing et sourire aux lèvres, du haut d'un toit, lui qui était si peu sportif – en vérité, il l'était, mais sans le vouloir, il le devenait à son insu, au gré des rôles, au fil de la vie et de ses exploits. Elle le sait téméraire, fougueux, indomptable, indifférent aux maux ordinaires et marqué par une grâce dont elle veut encore croire qu'elle le protégera longtemps des orages et des tempêtes. Et voici pourtant que, marchant à l'ombre, les épaules basses, courbant son mètre quatre-vingt-trois, plus grand encore d'être fléchi, il ne se ressemble plus.

Sans doute, pense-t-elle, a-t-il contracté une méchante dysenterie amibienne à Acapulco, où il vient de tourner, avec Buñuel, un film malade au titre prémonitoire : *La fièvre monte à El Pao*, mélo politique tiré d'un roman schématique d'Henry Castillou, où il incarne, sous un régime fasciste, un homme loyal, sensible et juste, qui défend la dignité des prisonniers dont il a la charge. Sans doute n'aurait-il pas dû non plus, retour du Mexique, s'arrêter avec elle à Cuba, où, sans hésiter, il a répondu à l'invitation officielle de Fidel Castro et sacrifié à un rituel plus complice que protocolaire : visite émerveillée d'une usine sucrière moderne, discussion enflammée avec des étudiants galvanisés à l'université de La Havane, dîner et toasts à la gloire de la révolution, que l'acteur français a déclaré vouloir servir à sa manière en incarnant prochainement Raúl Castro, l'ami du Che et le combattant de la Sierra Maestra, dans un grand film épique dont il imagine déjà le scénario édifiant et la diffusion prosélytique. Il serait donc temps pour lui de lever le pied, de se ménager, d'entrer dans l'âge adulte. Trop de films, de pièces, trop d'engagements militants, trop de désirs d'avenir, et pas assez de repos, plus aucune trace d'insouciance.

C'est à peine si, l'année dernière, Anne a eu son homme pour elle, tellement le Fregoli, que Jean Vilar supplie sans cesse d'économiser ses dons, se démultipliait. Il a tourné dans *La Vie à deux*, l'hommage à Sacha Guitry de Clément Duhour, et dans *Le Joueur*, de Claude Autant-Lara, d'après Dostoïevski. Il a incarné, sur tous les écrans de France, le peintre Modigliani dans *Montparnasse 19*, de Jacques Becker. Il a joué Octave dans *Les Caprices de Marianne* au festival d'Avignon, sous la direction de Jean Vilar, mais a été aussi, avec panache, Lorenzo de Médicis et Don Rodrigue lors de la tournée automnale du TNP au Canada et aux États-Unis, où il a été ovationné telle une rock-star. Il a trouvé encore le temps de manifester contre le fascisme à Paris – ce n'est pas une posture, c'est une conviction – et de fonder le Syndicat français des acteurs, dont il est le très actif premier président. Qui, fût-ce avec un trop-plein d'énergie et une prodigieuse faculté d'ubiquité, résisterait à une telle dépense de soi et qui, dans cette étourdissante course contre la montre, continuerait à garder la tête froide ?

À trente-six ans passés, Gérard Philipe a le sentiment indéfinissable que son corps le trahit, sans savoir exactement où ni par quoi il est attaqué. Au volant de la vieille Ford décapotable qui conduit, en hoquetant, par des routes serpentines et odoriférantes, sa petite famille, augmentée du berger allemand Galant, vers la plage déserte, presque édénique, de Pampelonne, il lui semble, pour la première fois de sa jeune vie, maîtriser mieux son antédiluvienne automobile que son improbable destin. L'été est suffocant et Ramatuelle, un paradis soudain menacé.

Le 23 août, sans rien lui dire de son état, de ses nausées suspectes, de ses soudaines démangeaisons de la peau, de ce poids qui opprime avec insistance la région du foie, il propose à Georges Perros, toujours dans la dèche et qui squatte depuis cinq ans la maison des Philipe à Cergy, de venir le rejoindre dans le Var. Il a hâte de « coudoyer » cet ami, qui sait tout de lui. Ils se sont rencontrés et reconnus dans le cours de Georges Le Roy, au Conservatoire d'art dramatique, et ont aussitôt fraternisé. Georges Perros, qui s'appelait encore Poulot et rêvait alors d'une carrière d'acteur, avait été engagé à la Comédie-Française, mais n'avait pas tardé à raccrocher les gants. Ce métier n'était pas fait pour lui. Il n'aimait pas prendre la lumière ni porter des costumes de musée. Il faisait tout pour échapper à la séance de maquillage. Il détestait se favoriser. Il était trop singulier pour avoir l'esprit de troupe. Lui qui s'aimait si peu jugeait toujours équivoques les applaudissements, courant se réfugier en coulisse après des saluts empruntés. Et il regrettait de ne pouvoir, en scène, tirer sur sa chère bouffarde aux effluves de bois moussu. Avec bonheur, sans une once de jalousie, il avait vu Gérard, son jumeau de cœur, s'élever vers les cintres et les astres. À ceux qui s'étonnaient de le savoir si proche d'un « monstre à photographies », il répondait avec laconisme et humour : « Je suis l'ami d'un grand jeune homme, plein de fantaisie, de soucis majeurs, capable de vivre comme tout le monde et comme personne, mais celui dont vous me parlez, cet étrange cadavre pour hebdomadaires, je ne veux ni ne peux l'aimer, l'estimer. L'homme que je distingue *pourrait* être un grand acteur, et certes ce don fait partie de lui-même, et certes sans ce don il ne serait peut-être pas du tout, du tout, ce personnage intéressant. Mais l'exploitation, mais ce qu'il nous montre de ce talent m'importe peu. Il est bon qu'il le manifeste puisque sa vie en dépend, mais il est bon que je l'ignore. »

Pour sa part, Gérard avait toujours réservé ses plus secrètes confidences et ses plus grandes inquiétudes à son ami ombreux, dont il réclamait à la fois la sévérité, la vigilance et l'intraitable lucidité. Ainsi, le 15 janvier 1959, dans une lettre écrite rue de Tournon qui, même métaphorique, ressemble à un présage : « Georges, tu es le seul qui pourrait me donner ma température. Et je crois, et je sais que je suis malade. Ou plutôt que, de longue date, se préparait cette crise où je me débats. J'ai des remontées, je respire, j'aspire et c'est la noyade aussitôt ou presque. Je me souviens avoir désiré être par-dessus tout jovial, je ne suis arrivé qu'à des sourires de commande. Lorsque la détente m'arrive – car elle survient comme débouche un renard devant une assemblée de chasseurs –, je suis le premier surpris et je profite. Puis un quelconque déclic me replonge dans un état morne et désamorcé. J'aurais voulu te dire tout ça… »

Malade, il ne mesure pas combien il l'est lorsqu'il conjure son inséparable ami de sauter avec son baluchon dans un train de nuit pour Saint-Raphaël. « Le pays, bien qu'amollissant, peut correspondre à ce que demande ton œil, lui écrit donc Gérard dans une lettre postée à Saint-Tropez. Je suis frappé par les grandes compositions qu'offrent toujours les collines et les vallées. Et toujours de la main de l'homme ou presque. Que le voyage ne soit pas une question, permets-moi de te l'offrir comme un caillou qu'on met dans une balance. Peux-tu d'abord demander une avance ? et viens. Je t'espère Georges. Compte sur moi. Gérard ».

Georges ne viendra pas. Non que l'envie lui manque. Mais c'est un homme d'hiver. La chaleur l'importune, les cigales l'exaspèrent, la Provence est trop radieuse et le parfum de la lavande, trop émollient. Et puis encore trop de soucis, de dettes, de bile. En outre, il s'apprête, avec les maigres revenus que lui rapportent ses lapidaires notes de lecture pour la *NRF* et le TNP, où il vient de juger une nouvelle traduction de *La Tempête* de Shakespeare « correcte, sans faute de syntaxe, mais où est donc passé le vent ? », à partir s'installer à Douarnenez avec sa compagne Tania. En attendant, il partage la maison et la fonction du gardien de Cergy, Julien Brunet, et décline, le 27 août, l'invitation : « Mille fois merci, mon cher Gérard, mais je ne peux pas décrocher pour le moment [...] Enfin, c'est bien de t'avoir, de te savoir avec moi sur le globe. Question de respiration. Ici, tout continue comme de coutume. Les raisins mûrissent, très sollicités par les sansonnets. Julien Brunet a suspendu des bouteilles qu'un fil de fer retient. Le vent léger remue l'ensemble, on a l'impression qu'un aérien troupeau de petites vaches prend le frais. C'est du Calder épouvantail. Quand rentrez-vous ? Embrasse ton monde de ma part. Ton Georges. »

Le 8 septembre, laissant Anne et les enfants à La Rouillière, Gérard est obligé de faire un saut à Paris. Il a en effet promis d'y accueillir son nouvel ami, Alfredo Guevara, le patron de la cinémathèque cubaine, qui revient de la Mostra de Venise, et de lui présenter la fine fleur française de la gauche intellectuelle et artistique, Jean-Paul Sartre, Simone de Beauvoir, Maria

Casarès, Albert Camus et Alain Resnais. Il doit également « faire parterre », c'est-à-dire accompagner la sortie en salles des *Liaisons dangereuses*, de Roger Vadim, où il a si bien su donner à Laclos des manières de Musset, et dont il est, aux côtés de Jeanne Moreau, l'accort Valmont. Sur les Champs-Élysées, il se force à séduire et à tenir son rôle d'encore jeune premier, dont la Cinquième République, âgée d'un an à peine, est follement amoureuse.

Cette double tâche accomplie, il revient le 10 septembre à Ramatuelle, sans avoir pourtant le goût de participer aux vendanges, dont il aime d'ordinaire l'atmosphère laborieuse, solidaire et festive. Tout juste accepte-t-il d'aller inaugurer, sur la route des plages, la cave coopérative de la commune et de trinquer à la prospérité de ses vignes, à l'avenir de ses vins. Santé, les amis !

En quelques jours, la chaleur a baissé sur la presqu'île. On respire mieux. Mais pas lui, qui ahane et se ronge. L'automne approche, avec son cortège de nuages bas et filandreux qui masquent un ciel laiteux. Le rose italien des murs décrépis de La Rouillière pâlit davantage. Les enfants sentent qu'approche la fin des vacances et les cigales entrent dans la saison du silence.

Fin septembre, on range les hamacs, les maillots de bain, les bouées, et fait les bagages. L'insoucieuse maison du Midi redevient ce qu'elle était encore il y a huit ans, une ferme perdue dans la campagne. Elle appartenait en effet aux parents, belges, d'Anne, qui n'avaient jamais pris la peine ni eu la curiosité de la visiter. Ils passaient leurs étés au Rayol-Canadel voisin et, lors d'une balade en voiture, avaient vu sur le bord de la départementale 61 l'écriteau « à vendre ». Ils l'avaient achetée en 1936, négligée, ignorée, confiée à un agriculteur, et puis offerte à leur fille, en guise de cadeau de mariage. Anne avait profité d'un tournage de Gérard dans les studios de la Victorine, à Nice, pour l'y emmener, et il avait aussitôt aimé cette bâtisse ordinaire, perdue au bout d'un chemin cabossé, enfouie sous les herbes folles, qui ne demandait qu'à renaître.

Il est temps de retourner à Cergy, dernière halte avant de regagner le 17 de la rue de Tournon, à Paris. Anne-Marie, Olivier, mais aussi leur demi-frère Alain, dix-neuf ans, le fils du premier mariage d'Anne avec le sinologue François Fourcade, ont tous un teint de pain d'épice. Seul Gérard a la peau blanche, et des yeux un peu jaunes. Pour son ultime été à La Rouillière, où il imagine vieillir, finir ses jours, le soleil s'est refusé à lui, ou plutôt il l'a boudé. Il veut croire qu'ils se réconcilieront l'année prochaine et qu'il a, pour en profiter, la vie devant lui. Et puis, il faut finir de construire les murets, repeindre couleur coquille d'œuf la chambre du bas, derrière la cuisine, et penser à acheter une nouvelle table en céramique, pour la pergola. Il y a encore du travail, c'est bien.

CERGY

septembre 1959

À la grande maison de Cergy, plus exactement du Mesnil-Gency, une longue allée de marronniers, qui mène droit jusqu'au perron, donnerait presque l'allure d'un petit château, dont deux pavillons encadrent le corps central, sous trois toits distincts de tuiles rousses. Quelques pieds de vigne, un court de tennis en terre battue à l'abandon où le filet pendouille et de vieilles balles pourrissent, des bosquets indociles, qu'on a oublié d'élaguer, et des communs défraîchis : le lieu semble avoir connu une manière de prestige, et s'efforce de ne pas trop déchoir. Au village, on s'étonne de voir la gauche internationale y succéder à la bourgeoisie locale et des artistes s'asseoir dans des fauteuils de notables, autour d'une cheminée en pierre façonnée, à la demande de Gérard, par un républicain espagnol en exil.

À peine arrivés de Ramatuelle, les enfants courent dans le parc planté de cèdres, de bouleaux, de tilleuls et d'un chêne deux fois centenaire, le plus beau de la région. Ils vont rejoindre M. Brunet, qui les conduit par la main au poulailler et au potager, où poussent salades, carottes et poireaux derrière une bordure de thym, avant de leur offrir les derniers animaux, chevaux, vaches, moutons, chiens, que, durant l'été, tout en jouant du violon le soir et en tenant, le dimanche, l'harmonium de l'église de Cergy, il a sculptés pour eux dans du bois lourd, vernis au pinceau et posés sur des socles épais. Anne-Marie et Olivier sont libres de se promener où bon leur semble, à la seule condition, leur répètent leurs parents, de ne jamais s'approcher seuls de l'Oise, qui coule au pied de la pelouse et, certains hivers, sort de son lit pour aller lécher les murs de la maison et les pieds chatouilleux d'une statue de Diane chasseresse. C'est dans ce royaume de verdure et d'eau grise que, photographiés et filmés avec une petite caméra argentique par Anne devant la fontaine en pierre, la « petite princesse » et l'« empereur des steppes » ont fait leurs premiers pas, joué à la balançoire et trotté, « hue dia », sur les hautes épaules de leur père.

Cela fait quatre ans qu'Anne et Gérard ont acquis cette propriété, dont ils ont fait leur maison secondaire, ouverte à tous, où Claude Roy vient écrire des poèmes enchanteurs peuplés d'oiseaux familiers et son roman au titre éloquent : *Le Soleil sur la terre*, où Georges Perros interprète, d'une presque voix de haute-contre, des lieds de Schubert en s'accompagnant lui-même au piano. Décorée avec des objets rapportés du monde entier, poupées gigognes russes, taureau mexicain, oiseau en bois chinois, éventail japonais, boîte à musique polonaise, charrette miniature sicilienne, elle est idéalement située, à trente kilomètres du palais de Chaillot et des studios de Boulogne ; le somnambulique prince de Hombourg peut venir y dormir après avoir vaincu les armées suédoises, et le lieutenant Armand de La Verne du 33e Dragons s'y reposer après *Les Grandes Manœuvres*. Dans son costume plus fruste d'homme à tout faire, il n'a pas résisté, comme à La Rouillière, au plaisir de restaurer les terrasses, de colmater les brèches, de maçonner et d'herboriser autour du fleuve sur lequel glissent de longues péniches noires. Toujours ce besoin, chez lui qui fuit les mondanités et que les lustres indiffèrent, de participer à la réfection d'une bâtisse bancroche, d'aménager son ressui et d'œuvrer physiquement au bonheur clos de sa petite famille. Perdican aime suer et se salir dans le mortier et la poussière blanche des gravats. Le travail manuel le dédommage de tous les rôles qui exaltent sa beauté et l'obligent à la pureté. Sans cesse, il lui faut concasser sa célébrité, étançonner son existence et, au milieu des siens, retourner ses arpents de terre, où il est beaucoup plus heureux et tellement plus naturel que dans les salons parisiens et trompeurs.

Mais il n'a plus vraiment la force de soulever des montagnes, plus le goût de piocher et de ratisser. En quelques semaines, il a perdu ses jambes de lévrier, son appétit de hussard et du poids. Il est saisi par d'obscures envies de vomir et d'étranges somnolences. La constipation succède aux diarrhées. Même son urine a foncé. Et une indéfinissable masse, au bas du ventre, ne cesse de lui peser. À Cergy, au début du mois d'octobre, il délègue donc les dernières tâches du jardin d'automne à M. Brunet et s'en va, pour quelques jours, à Stratford-upon-Avon. Méprisant sa fatigue, il veut absolument aller applaudir Laurence Olivier, qui interprète Coriolan à la Royal Shakespeare Company, dans une mise en scène de Peter Hall. Le voyage le comble et l'allège à la fois. Il juge le spectacle vilarien, Olivier « géant », et revient d'Angleterre avec une idée fixe : jouer *Hamlet*, vivre en Hamlet, délirer en Hamlet, vaciller en Hamlet, proclamer haut et fort que « plus le corps est faible, plus la pensée agit fortement ». Il se verrait bien aussi en Dorante, dans *Le Menteur*, de Corneille. Il est si jeune encore et il y a tant de rôles à endosser, tant de pièces à honorer, tant de vies imaginaires à épouser, tant de mues à faire et de peaux neuves à porter.

RUE DE TOURNON

octobre 1959

Après les vacances à Ramatuelle et l'été indien de Cergy, le retour dans l'appartement parisien, au deuxième étage du 17 de la courte rue de Tournon – bordée d'hôtels particuliers et de librairies d'anciens, elle naît rue Saint-Sulpice et s'évase tel un fleuve jusqu'au palais du Luxembourg –, sonne vraiment l'heure de la rentrée. Anne-Marie et Olivier retrouvent chacun sa chambre, côté rue. Celle d'Anne et de Gérard, éclairée par deux hautes fenêtres, où l'on accède par un petit escalier droit, donne sur la cour intérieure, pavée et silencieuse de l'immeuble, à peine ombrée par un maigre vernis du Japon. Au centre de la pièce, un grand lit sans sommier, posé sur la moquette bleu marine qui étend son illusion océanique jusqu'au salon. Au crépuscule, on pourrait croire la vaste cabine du capitaine d'un paquebot transatlantique encalminé dans un port claudélien, à la veille d'une longue, d'une très longue traversée.

Chaque matin, les enfants prennent le chemin de l'école du Père Castor, fondée par Paul Faucher, éditeur de la collection éponyme, et située boulevard Saint-Michel. On y pratique, pour des petits élèves triés sur le volet, une pédagogie qui repose sur l'apprentissage de la musique, les jeux de logique, l'étude des imagiers et l'inévitable lecture des albums du Père Castor. Une école qui est l'antichambre de l'Alsacienne, où il est déjà décidé qu'ils iront ensuite. Dans la journée, leurs parents essaient de reprendre une vie normale. Anne, qui est sa conseillère, voire son pygmalion, et sa conscience morale, passe au crible les projets dramatiques, radiophoniques, discographiques et cinématographiques qu'on soumet à son mari, parmi lesquels *Le Procès*, de Kafka, mis en scène par Orson Welles, une lecture des *Bucoliques*, de Virgile, et aussi de *L'Histoire du soldat*, de Ramuz, avec la musique de Stravinsky. Elle voudrait qu'il renoue sans tarder avec son vieux copain Alain Resnais, dont le film *Hiroshima mon amour* a été, il y a quelques mois, l'événement du festival de Cannes – Resnais, né lui aussi en 1922, que Gérard a connu en zone libre, retrouvé après la Libération, où ils habitaient le même immeuble du 7 rue du Dragon, et qui, encore étudiant à l'Idhec, l'a dirigé dans un court métrage en 16 mm, *Schéma d'une identification*, où il jouait un viveur en smoking et donnait la réplique au « prolétaire » François Chaumette, ainsi que dans son premier long métrage, fondé sur l'écriture automatique, *Ouvert pour cause d'inventaire*.

Anne exige le meilleur pour lui, et surtout le moins complaisant. Elle pense que sa notoriété doit l'incliner à choisir en priorité des rôles âpres, des textes rares et des metteurs en scène radicaux, à refuser, même s'il s'y montrait très vif et très drôle, des comédies sans enjeu et des films sans ambition. Elle ne veut pas qu'il se préfère ni qu'il tombe dans ce puits sans fond où disparaissent, après avoir vendu leur âme, composé avec leurs faiblesses, trahi leur conscience morale et bradé leur vie privée, tant de vedettes du grand écran. Elle l'objurgue de travailler, de rencontrer de jeunes réalisateurs, même ceux de la Nouvelle Vague qui ont fait de lui leur tête de Turc – il faut toujours épater ses ennemis –, et de lire les classiques jusqu'à l'épuisement.

Un épuisement qui ne veut pas passer et que de rares sorties le soir, notamment pour aller voir, le 22 octobre, *Le Crapaud-Buffle* d'Armand Gatti, monté par Jean Vilar au théâtre Récamier, ne parviennent pas à contrarier. Gérard commence à se demander si sa fatigue et ses lancinantes douleurs au ventre ne cachent pas un mal plus profond. Il a l'impression d'être sans cesse poursuivi par un animal mystérieux aux yeux cireux, qui le nargue, salive et montre les crocs. Il s'en ouvre un jour à ses amis René et Bronia Clair, évoque même devant eux l'hypothèse d'un cancer, mais le cinéaste de *La*

Beauté du diable et sa jeune femme à l'accent slave haussent les épaules, lui reprochent sa propension, qui n'est pourtant pas son genre, à l'hypocondrie, et le voici, pour quelque temps, un peu rasséréné. Afin de dissiper ses inquiétudes, son médecin, le professeur François de Gaudart d'Allaines, préconise toutefois des examens radiologiques, qui ne révéleront rien de grave. La théorie de l'abcès amibien au foie demeure la plus probable. Une intervention chirurgicale, prévue pour le 9 novembre, devrait suffire à l'en débarrasser.

Gérard n'en parle d'ailleurs à personne. Même pas à sa mère, Minou, qu'il craint d'inquiéter sans raison. L'un des rares à être dans la confidence est Pierre Vellay. Pierre est l'obstétricien qui a mis au monde, à la clinique du Belvédère, à Boulogne, Anne-Marie et Olivier. C'est un bel homme, qui a le profil romain de Jean Vilar, le culte du pilote Saint-Exupéry et une conception hédoniste de l'existence. Ancien commandant FFI à Clermont-Ferrand, engagé à gauche, militant du Mouvement de la paix, signataire de l'appel de Stockholm contre l'armement nucléaire et pour la paix dans le monde, théoricien, après Fernand Lamaze, de l'accouchement sans douleur et gendre du gynécologue Jean Dalsace, dont il habite avec sa femme, Aline, la géométrique et cubiste maison de verre édifiée par Pierre Chareau rue Saint-Guillaume, Pierre a découvert Gérard en octobre 1943. Et ce fut comme une apparition.

Envoyé en mission à Paris par la Résistance, il était allé voir *Sodome et Gomorrhe*, de Giraudoux, au théâtre Hébertot. Ignorant Edwige Feuillère, Lise Delamare et François Chaumette, il avait été subjugué par cet Ange, tout de blanc vêtu, dont le visage était d'une beauté séraphique, la démarche aérienne, et qui semblait lui transmettre, boulevard des Batignolles, un message de l'au-delà.

Dix ans plus tard, le docteur Vellay avait vu entrer dans son cabinet, situé au rez-de-chaussée, côté jardin, de la rue Saint-Guillaume, le jeune homme presque inchangé qui, de sa voix légèrement nasale et ouvertement joueuse, demandait sur une scène du Paris occupé : « Il n'y a pas d'eau pure ici ? J'ai soif ! », avant d'en appeler, l'œil en coin, au « regard de Dieu ». Le jour de la visite, l'ange était accompagné de sa femme, Anne, enceinte d'Anne-Marie, qui vint par le siège, le 21 décembre 1954. Pour la nuit de Noël, Pierre avait invité le couple à réveillonner chez lui. Avec Gérard, ils fomentèrent l'enlèvement de la jeune maman, qui n'était pas encore autorisée à quitter la clinique du Belvédère. Ils la ramenèrent discrètement dans sa chambre le lendemain matin. Ce fut le début d'une amitié très forte, qu'ils allaient cultiver, chaque été, dans les vignes de Ramatuelle, et renforcer à Paris, en partageant les mêmes idées politiques et en défilant sur les boulevards sous les mêmes banderoles. Et lorsque, en 1956, Gérard comprit que son ami, de trois ans son aîné, traversait une période difficile de sa vie personnelle, il lui ordonna de quitter Paris et l'intronisa médecin de garde sur le tournage suédois et titanesque de son premier film comme réalisateur, *Les Aventures de Till l'espiègle*. Ils étaient désormais inséparables ; Vellay était devenu le double enjoué et séducteur de Perros.

Chaque soir de ce mois d'octobre, Pierre passe voir Gérard rue de Tournon, et, s'il est retenu par un accouchement à la clinique du Belvédère, il l'appelle à Danton 75 54. Le médecin est troublé par l'asthénie de son ami, d'ordinaire si rieur et blagueur. Il ne lui dit pas combien il est soulagé de savoir qu'une opération chirurgicale, prétendument banale, vient d'être décidée. Par amitié, il feint joliment d'être lui-même fatigué. « Nous devons, lui chuchote Pierre, organiser nos vies afin de pouvoir, ensemble, souffler un peu et prendre le temps de regarder autour de nous. » Gérard approuve de la tête, à la manière, métronomique, du cheval désabusé qui encense. Le comédien ne promet pas vraiment de moins jouer, mais il supplie l'accoucheur, heureux d'avoir déplacé vers lui le centre de gravité, de moins travailler, de se délester un peu. Ils planifient déjà de prochaines vacances à La Rouillière, des siestes de nouveau-nés dans les hamacs mexicains, des pêches en mer sur le pointu poussif du maçon du village, Gabriel Giraud, des dîners sans fin sous la tonnelle du Café de l'Ormeau, où Mme Cauvière servira la paella, ses fameuses aubergines grillées et une inimitable tarte au citron au goût anglais. Ils seront des rois paresseux, dont les filles du pays éloigneront, avec de larges feuilles de *gunnera manicata*, les moustiques et des guêpes. Ils mettront, toute la journée, sur le vieil électrophone, des airs de Mozart et des concertos de Vivaldi, dont les violons séduiront les cigales. Et ils n'auront de nouvelles à donner à personne.

Pierre en rajoute, c'est un beau parleur. Un accoucheur, qui sait l'art de la maïeutique. Sans preuves, par simple intuition, il sent en effet que le temps de Gérard est désormais compté. Il voudrait pouvoir l'arrêter. Il n'arrive pas à quitter l'appartement de son ami ni à mettre un terme à leurs longues conversations téléphoniques. Tout est bon, à commencer par l'actualité, pour les prolonger : les soubresauts de la guerre d'Algérie, qu'ils condamnent pareillement, le mystérieux attentat perpétré, le 15 octobre, contre François Mitterrand dans les jardins de l'Observatoire, qu'ils comparent en s'esclaffant à une guignolade, ou encore la soirée de gala organisée, le 21 octobre, sous la présidence du général de Gaulle, pour inaugurer la nouvelle saison du théâtre de l'Odéon, dont André Malraux a confié les clefs à Jean-Louis Barrault, avec *Tête d'or*, de Paul Claudel, et Alain Cuny dans le rôle de Simon Agnel. Rien qu'en évoquant la présence du général dans un théâtre où l'on donne une pièce écrite par l'auteur d'une ode au maréchal Pétain, les deux amis rigolent. Et puis, en mai 1958, ils défilaient ensemble, avec de nombreuses vedettes, dans les rues de Paris, pour manifester contre les conditions du retour au pouvoir du « plus illustre des Français », à qui René Coty avait confié la présidence du Conseil au lendemain du putsch d'Alger.

À Pierre, Gérard confie qu'il vient d'accepter le rôle-titre du *Comte de Monte-Cristo*, dont Claude Autant-Lara, avec lequel il a tourné *Le Diable au corps*, *Le Rouge et le Noir*, *Le Joueur*, lui a fait lire le rocambolesque scénario. Le tournage est prévu pour l'année prochaine. « D'ici là, lui dit-il, j'aurai repris des forces. » Il plaît à Fabrice del Dongo et à Julien Sorel d'être bientôt Edmond Dantès, de s'évader du château d'If, de se dissimuler derrière des déguisements et des noms d'emprunt, lord Wilmore, l'abbé Giacomo Busoni ou Simbad le Marin, afin de se venger de ceux qui l'ont trahi et de promettre la félicité aux rares qui lui ont été fidèles. Pour se préparer à son personnage, il a relu d'une traite le roman épique de Dumas, l'a trouvé parfois philosophique, et en a recopié, sur un petit carnet, la dernière phrase, pleine d'« humaine sagesse », comme si c'était sa prochaine devise : « Attendre et espérer. »

CLINIQUE VIOLET

5 novembre 1959

La notoriété ajoute aux ennuis de santé, qui l'embarrassent, la dégradent et la rendent commune. Une vedette ne consulte pas. Il s'agit donc de ruser avec la vérité et d'essayer d'avancer masqué. Afin de tromper les journalistes et d'empêcher la rumeur de naître, l'acteur vedette des *Orgueilleux* entre, sous une identité d'emprunt, à la clinique Violet, située 60 rue Violet, dans le quinzième arrondissement de Paris, près du boulevard de Grenelle. Le 5 novembre 1959, accompagné par Anne, il s'y inscrit sous son nom francisé – Philip étant devenu Philipe –, mais opte pour son deuxième prénom, Albert, et la profession effacée de régisseur. Le stratagème est un peu enfantin. À l'accueil, la secrétaire a tout de suite reconnu le comédien, dont le teint est si pâle qu'il semble sortir du tournage, en noir et blanc, de *Monsieur Ripois*, et les infirmières, des sœurs à cornette pourtant peu cinéphiles, ne bruissent que de l'arrivée, au petit matin, d'une personnalité du spectacle à la beauté angélique.

Une valise à la main, Albert Philipe est conduit à la chambre n° 7, qui donne sur un étroit jardin de novembre, piqueté de troncs gris, tapissé de feuilles mortes et craquantes, figé dans l'attente morne de l'hiver. Il s'y installe comme dans un hôtel de province, qui sent le savon de Marseille et l'aspic de volaille. N'était sa grande lassitude, il pourrait se croire en tournée, à la veille d'une représentation, dans un théâtre municipal, devant lequel des jeunes filles endimanchées font le guet, de *Nucléa* ou d'*On ne badine pas avec l'amour*. Il dispose sur sa table de nuit son réveil de voyage Bayard, qu'il a sorti de son étui en cuir havane, son transistor portatif Optalix et une pile de livres au dos cassé, pour l'essentiel des pièces de Racine, Molière, Marivaux. Ainsi que quatre traductions, signées André Gide, Marcel Schwob, Marcel Pagnol et Pierre Leyris, du même *Hamlet*, qu'il compte bien jouer, le printemps prochain, sous la direction de Peter Brook, lequel lui a dit être très curieux de l'entendre déclamer, mezza voce, dans la version gidienne : « Y a-t-il pour l'âme plus de noblesse à endurer les coups et les revers d'une injurieuse fortune, ou à s'armer contre elle pour mettre frein à une marée de douleurs ? Mourir… dormir, c'est tout. »

Il a quatre longs jours devant lui pour se préparer à l'intervention. Outre celles d'Anne, qui a jeté son dévolu sur un fauteuil en skaï, où elle jouera la vigie dans une position de moine bouddhiste, les visites seront rares. Seuls les couples Clair et Vellay savent le lieu et l'heure de l'hospitalisation. À sa mère, Minou, qui se repose chez une amie, à Cannes, la ville de son lointain bonheur et de ses pires cauchemars, Gérard raconte au téléphone, d'une voix légère, qu'il a été admis pour de simples examens de contrôle. Il ne dit rien de l'opération. Minou ne s'inquiète pas ; elle imagine son fils dans une maison de repos provisoire, où il a bien mérité de dormir et de reprendre des forces. Il appelle aussi, afin de lui tenir les mêmes propos rassurants, son père, Marcel Philip, qu'il appelle « Papy », et qui se morfond, seul, dans son grand appartement du 174 calle Urgel, à Barcelone, où, escorté par sa femme et ses enfants, il va parfois le voir comme on visite un cénotaphe, le plus discrètement possible, les mains dans le dos et la tête penchée.

Cela fait quatorze ans, en effet, que son père est interdit de territoire français, depuis que, le 22 novembre 1945, la cour de justice des Alpes-Maritimes l'a condamné à mort par contumace pour intelligence avec l'ennemi, atteinte à la sûreté extérieure de l'État et appartenance à des groupes antinationaux, ainsi qu'à l'indignité nationale et à la confiscation de ses biens. L'inculpé s'est réfugié dans l'Espagne franquiste avant même l'énoncé du jugement. Il a fui la sentence, qu'il pressentait sévère. Désormais, l'élégant señor Philip, qui a un profil, une éloquence et des costumes fins d'ambassadeur sans affectation, y enseigne le français dans une institution religieuse. Chez lui, dans cet appartement acheté par Gérard, il collectionne et découpe les journaux qui n'en finissent pas de chanter les louanges de son fils et ne manquent jamais une occasion d'expliquer pourquoi le Jérôme Hardy des *Petites du quai aux fleurs* a incarné, après les années noires de l'Occupation, la vigueur, la pureté, la renaissance de la jeunesse française. On vante son « physique moral ». On parle de sa grâce rédemptrice. Par son jeu enflammé et ses rôles héroïques, il aurait dédommagé le pays en ruine de toutes les avanies qu'il avait connues, de toutes les lâchetés, de toutes les complaisances dont il se serait rendu coupable. Pas un portrait dans la presse sans qu'on raconte l'engagement de Gérard Philipe dans les FFI et sa participation, le 20 août 1944, depuis l'Hôtel de Ville, où il était le porte-voix de Roger Stéphane, aux combats de la libération de Paris, sans qu'on évoque ce matin du 24 août où l'Ange de *Sodome et Gomorrhe* monta sur une table et proclama, d'une voix théâtrale : « Les premiers chars de l'armée française franchissent en ce moment la Seine au cœur de Paris ! » Il fut alors acclamé, tel un prince de tragédie, sur des tréteaux de fortune, par les résistants en armes.

Le vieux père, que les accusations de collaborationnisme ont forcé à l'exil, observe et mesure donc chaque jour sa propre déchéance sur le visage camusien, mitraillé par les paparazzis, de son fils au dos droit et au parcours sans faute. Comme pour se racheter auprès de lui, Marcel Philip va travailler, année après année, à se blanchir. Il accumule sur son bureau les pièces de sa défense, les preuves de ce qu'il croit être son innocence. Car non seulement il ne bat pas sa coulpe, mais il persiste aussi. Avocat dans un cabinet cannois, propriétaire de plusieurs hôtels sur la Côte d'Azur, improbable consul de Roumanie, cet ancien Croix-de-Feu, devenu délégué régional du PPF de Jacques Doriot, a pourtant successivement accueilli, dans son Parc Palace de Grasse, les états-majors des armées mussoliniennes en 1941 et nazies, en 1943. Au partisan de la collaboration franco-allemande, détenteur d'un *Ausweis* permanent et d'un permis de port d'arme, il est aussi reproché de s'être enrichi pendant l'Occupation, d'être devenu, selon l'acte d'accusation, « un affairiste notoire et un requin d'affaires », dont l'empire s'étend d'une société d'assurances à des magasins de fourrure parisiens, de salons de thé à plusieurs exploitations agricoles, et du Vaucluse à la Normandie, via le dixième arrondissement de Paris. Mais, à Barcelone, il rédige un long texte, destiné à ses avocats, dans lequel il se justifie, prétendant avoir démissionné du PPF dès 1937, abrité ensuite des résistants, protégé des familles « israélites », soustrait ses employés au STO et fabriqué un faux, en 1943, pour épargner à son fils Gérard le travail obligatoire en Allemagne : « Je l'ai inscrit, sur ma demande, et avec appui du directeur des Beaux-

Arts, sur une liste d'acteurs ayant pour mission de préparer des tournées dans les camps de prisonniers. C'était un bluff et un paravent. »

Lorsque, depuis sa chambre de la clinique Violet, Gérard joint son père en Espagne, il lui cache encore avoir rédigé, à Cergy, le 28 janvier 1957 – comme si, à trente-quatre ans, il présageait déjà sa fin prochaine –, un testament dans lequel il a bien pris soin de ne pas l'oublier. S'il lègue tout ce qu'il possède à son épouse, précisant que ses enfants, Anne-Marie et Olivier, « se rendront compte qu'il est peu de femmes de meilleur conseil que leur mère, aussi bien pour la gestion des biens que pour la direction de leur éducation », il fait don à ses parents, Marcel et Marie Philip, de l'appartement de Barcelone et tient, « en toute lucidité et en toute possession de [ses] moyens », à ajouter in fine : « Si, après mon décès, lorsque tous les frais seront réglés et les dettes éventuellement remboursées, il reste plus de cinq millions de francs liquides, Anne remettra cinq cent mille francs à mon père. Cet argent aidera Papy à organiser son avenir et celui de ma mère. »

Il sait que son père lui survivra, mais il s'inquiète de savoir comment il vivra, lorsqu'il ne sera plus là pour lui témoigner son indéfectible fidélité et lui pardonner ses errements. En raccrochant le téléphone, dont la ligne avec l'Espagne est si mauvaise, si hachée, Rodrigue s'allonge sur son lit et ferme les yeux. « Que de maux et de pleurs nous coûteront nos pères ! » Et il entend Chimène lui répondre, avec la voix en suspens de Françoise Spira : « Le passé me tourmente, et je crains l'avenir. »

CLINIQUE VIOLET

6 novembre 1959

Dans un petit carnet dont il ne se sépare jamais, qui tient du journal intime et du bulletin météo, il note ce matin : « Quand le comédien ne joue pas, il est malade, déprimé, inquiet. Sa vie est constamment remise en question. Il devient hypersensible. Il joue aujourd'hui, mais il sait que la stabilité n'existe pas dans ce métier. Comblé, il sera peut-être haï et ignoré demain. On dit souvent que le talent n'est pas méconnu. Cela est surtout vrai pour les écrivains, un romancier ou un auteur dramatique peuvent être découverts dix, trente ou cinquante ans après leur mort. Un comédien mène une lutte dangereuse avec et contre le temps. »

Dans les pages qui précèdent, il a répertorié depuis quelques semaines, d'une écriture fine et gracile, ses projets qui se bousculent et le stimulent. D'abord, Corneille, le maître. Il a relu d'une traite *Suréna*, *Attila*, *Titus et Bérénice*, *Andromède*, dont il juge les cadences « très belles », *L'Illusion comique*, *Médée*, et deux comédies qu'il voudrait monter sans trop tarder, *La Suivante* et *La Veuve ou le Traître trahi*, parce que c'est « une pièce d'acteurs – à jouer entre les vers – bien construite et mousseuse ». Il se verrait bien aussi dans *La Galerie du palais*, *La Place royale*, *Horace* et *Cinna*. Il va lui falloir jongler avec le temps et les théâtres pour réaliser tous ses rêves, pour servir Corneille.

Avec Molière, dont l'œuvre est comme une vaste maison de campagne au grenier féerique et qu'il a entrepris également de relire, qu'il connaît par cœur, mais redécouvre avec un plaisir fou, il doit apprendre à être plus patient. *L'École des femmes*, *L'École des maris* et *La Jalousie du Barbouillé* ? « Pour moi, a-t-il écrit, mais dans vingt ans. » Rien ne presse, en effet. D'autres personnages, en revanche, lui tendent les bras et lui font de l'œil : Mascarille, dans *L'Étourdi*, et Éraste, dans *Les Fâcheux*. Alceste, aussi, sous les traits duquel il lui arrive de plus en plus de se reconnaître. Quelle fringale, et quelles perspectives. Quelle chance aussi de faire ce métier, de traverser au galop les siècles et les pays, de porter un jour la cuirasse et un autre, la soutane, de défier les puissants et galvaniser le peuple, d'inverser le cours de l'Histoire, de pouvoir être éloquent, courageux, héroïque, mais aussi lâche, sournois et perfide, de n'avoir jamais l'occasion de se décevoir, de se donner de nouvelles mères, de nouveaux pères, d'être polygame, de se cacher sous de multiples masques, de réchapper de toutes les maladies, de tomber pour mieux se relever, de mourir pour de faux et vivre pour de vrai.

Après l'opération, il se promet de ne pas oublier d'aller voir du côté des tragédies grecques, et en particulier *Les Troyennes*, d'Euripide, où Hécube a ce mot qu'il aime tant : « Non, ma fille, ce n'est pas la même chose de voir encore le jour et d'être mort ; la mort, c'est le néant, la vie a pour elle l'espérance. » Et il est plein d'espérance.

CLINIQUE VIOLET

7 novembre 1959

L'intervention aura lieu le lundi 9, au matin, un début de semaine, lorsque les employés vont au bureau et les ouvriers, à l'usine. En habit de ville, le professeur François de Gaudart d'Allaines, qui est le patron de la clinique, est venu lui-même l'annoncer à Gérard, dans sa chambre, après le petit-déjeuner – thé, biscottes sans sel et beurre allégé. Il lui a dit, en souriant, que ce serait « trois fois rien » et qu'il serait aussitôt débarrassé de cet encombrant abcès amibien au foie. Âgé de soixante-sept ans, spécialiste du cancer du rectum, des maladies du tube digestif, des voies biliaires et du cœur, membre de l'Institut et de l'Académie de médecine, ce chirurgien sait parler aux artistes, et les rassurer. Il a opéré le cinéma, soigné le théâtre, soulagé la littérature, calmé les maux et les angoisses de nombreux comédiens et écrivains, qu'il accueille d'ordinaire dans son cabinet de Montparnasse. Il admire ceux qu'il panse. Il lit ceux qu'il ausculte. Expert en chirurgie cardiovasculaire, qu'il a parfaite aux États-Unis auprès d'Alfred Blalock, il a parfois tenu, entre ses belles mains tavelées d'éphélides, le cœur des créateurs et il lui a semblé sentir battre, au creux de la paume, la mystérieuse pulsation d'une œuvre. Il travaille, au bloc, à ce qu'elle se prolonge et s'accomplisse. Sa science est un humanisme.

Gérard Philipe, il l'a applaudi au théâtre et vu au cinéma. Le médecin à la double particule aime, chez cet acteur au port aristocratique, l'inexplicable alliage de panache et de candeur, de cuivre et de cristal, de marbre de Carrare et de sable fin. Il a toujours voulu croire que le Fabrice del Dongo de *La Chartreuse de Parme* ou le Poète des *Épiphanies* n'était pas entièrement de ce monde ni de ce temps. Qu'il ne relevait pas de la seule faculté. Et que, dans ce grand corps élancé, le poids de l'âme était bien supérieur aux vingt et un grammes, aux trois quarts d'once estimés, en 1907, par son confrère, le docteur américain Duncan MacDougall. Malgré sa longue expérience et la fréquentation hospitalière de patients célèbres, François de Gaudart d'Allaines peine donc à imaginer que, dans deux jours, il va inciser le ventre de *La Beauté du diable*, n'était ce pyjama bleu et cette peau blanche qui la rendent soudain si fragile, si périssable, si humaine.

Dans la chambre n° 7, le chirurgien entend alors Anne, qui a bon espoir, demander à son mari : « As-tu le trac comme lorsque tu vas jouer ? » « Oui, répond-il sur le ton de la boutade, mais, ici, j'ai moins de soucis. » C'est une pièce inédite, et sans texte, que Gérard s'apprête en effet à jouer couché. Il va devoir, en dormant, en s'abandonnant, tout donner de lui. Et il ne connaît même pas l'épilogue. Il sait seulement que le destin signera la mise en scène et qu'il est beaucoup plus impérieux que Jean Vilar, son maître. Il dit qu'il a hâte d'être plongé dans le sommeil, où son trac disparaîtra. Il regrette qu'Anne ne puisse, comme chaque fois, s'asseoir au milieu du public, où il a l'habitude de chercher son regard de chat persan. Il n'aime pas la décevoir. Il guette toujours son jugement, en coulisse, au moment du démaquillage, face au miroir lumineux auquel, debout, elle tourne le dos.

CLINIQUE VIOLET

8 novembre 1959

Dans son manteau de flanelle grise, René Clair est venu, sans Bronia, rendre visite à Gérard, après son frugal déjeuner. Le cinéaste aux grands yeux et au nez de chouette chevêche, qui est de vingt-deux ans son aîné et l'a dirigé trois fois, dans *La Beauté du diable*, *Les Belles de nuit* et *Les Grandes Manœuvres*, l'aime comme un fils. Le comédien le considère comme un autre père, mais un père présentable, respectable, enviable. Ils ne se ressemblent guère, mais se complètent très bien. Leurs différences, y compris politiques, ajoutent à leur complicité. Clair, d'un naturel réservé et froid, cache ses émotions comme si c'étaient des vices. Même dans la chambre de la clinique, où se mêlent des odeurs de soupe froide et d'alcool médicamenteux, il feint d'ignorer, à la veille d'une opération décisive, l'état et la mine de son ami, qu'il a pourtant connu plus fringant, plus ardent, plus fiévreux. Tellement plus vivant. Le plaindre, ce serait s'apitoyer, et le réalisateur de *Sous les toits de*

Paris, qui vient de se présenter à l'Académie française, se méfie comme de la peste du sentimentalisme. Il n'oublie jamais de tenir son rôle, avec prestance. Celui d'un pur esprit, qui fait des films avec la même application que s'il peignait des jardins ordonnés de châteaux angevins, jouait des rondeaux de Couperin sur un clavecin ou écrivait des romans épistolaires à l'ancienne. C'est cela, précisément, que Gérard admire chez lui. Une certaine façon, un peu hautaine, d'être au monde et d'incarner la France des arts, des lettres et des vieilles pierres, sans trop se soucier du progrès. Si son cœur n'a jamais cessé de battre pour Jean Vilar, qui cumule les fonctions du père, du frère aîné et du directeur de conscience, son esprit est séduit par René Clair, cet esthète, dont il goûte la légèreté, l'humour british, les descriptions sensibles du peuple de Paris, et qu'il fasse, lui a-t-il écrit dans une lettre pour son soixantième anniversaire, « la jonction entre le classicisme et la palpitation romantique ».

Depuis *Les Grandes Manœuvres*, le film en couleurs tourné il y a quatre ans, qui a reçu le prix Louis-Delluc et a connu un grand succès, les deux hommes se sentent liés par un pacte secret. Le séducteur Armand de La Verne, qui jouait le bel indifférent sous les brandebourgs de son dolman et pariait, quitte à s'y piéger, sur la conquête provinciale de la modiste Michèle Morgan, aime la manière avec laquelle la caméra de René Clair cadre son idéalisme, favorise son impudence et avantage son allégresse. En compagnie de celui qui a porté à l'écran, et en muet, *Un chapeau de paille d'Italie*, il se sent toujours un peu sur les planches, il a l'impression de prolonger, en studio, la geste dramatique et de la ragaillardir. C'est d'ailleurs lui qui a eu l'idée, en février dernier, de confier au cinéaste la mise en scène d'*On ne badine pas avec l'amour*, à Chaillot, devant de grandes toiles peintes par Édouard Pignon. Jean Vilar était sceptique, jugeant que l'austère esprit du TNP menaçait d'être dévoyé, mais Perdican l'a finalement emporté. Pour une très brève victoire. Car la pièce de Musset ne se donna que seize fois et la presse étrilla le réalisateur hollywoodien de *C'est arrivé demain*, dont ce serait la première et la dernière aventure théâtrale. Pour autant, René Clair considère qu'il n'a jamais été plus inventif que depuis sa rencontre, en 1950, avec l'acteur tout feu tout flamme, qui lui a offert de revisiter le mythe de Faust ou de traverser, sur un air d'opéra, les siècles passés, jusqu'à la Révolution française. Il y a deux ans, *Porte des Lilas*, adapté d'un roman de René Fallet, avec Pierre Brasseur et Georges Brassens, n'a pas été une franche réussite. C'était un film sans magie, sans âme, sans Gérard.

En toquant à la porte de la chambre n° 7, René Clair ne vient pas seulement exprimer sa sympathie à un malade alité, il veut aussi lui demander son aide, comme si Gérard, capable de tout jouer et dont la jeunesse est un serment, pouvait seul lui rendre son inspiration, son imagination, ses intuitions, lui donner envie de reprendre le chemin des studios. Il lui propose donc de choisir un personnage, ou de l'inventer, une époque, n'importe laquelle, une ville, un pays, un livre, qu'il rêverait de voir adapté, ou une pièce, ou un conte, ou une légende, et même de désigner les acteurs qui lui donneraient la réplique. Il attend qu'il exprime son désir le plus profond, et se promet, au sens propre, de le réaliser. Il se met à son service, pourvu qu'il soit, de ce grand projet hypothétique, le rôle-titre et, en secret, le maître d'œuvre. Gérard est à la fois touché et fatigué. Il ne sait pas quoi répondre à son visiteur, qui a des paroles affectueuses, mais une allure de fantôme. Aujourd'hui, les rêves lui paraissent inaccessibles et les livres, trop lointains. Il aimerait dormir, s'oublier un peu. D'une voix faible, il dit qu'il est touché, qu'il va y réfléchir, mais « après l'opération ». En remettant son manteau, René Clair s'obstine : « Sans toi, j'abdique, je range ma caméra au grenier et je prends ma retraite sous la Coupole, si tant est qu'on m'y admet. »

Le soir d'hiver commence déjà à tomber. Les deux hommes s'embrassent avec des gestes francs de militaires en permission. René Clair repense à son joli lieutenant parti avec tambours et trompettes pour les grandes manœuvres à la tête de son régiment, qui passe, à cheval, au trot vif sur le vieux pavé provincial, sous la fenêtre fermée de la femme qu'il a su aimer, mais n'a pas su garder. Il se souvient d'une âme mélancolique dans un corps maigre qui débordait de santé. Et de ses éclats de rire sur le plateau, entre deux scènes. Et de ses incessantes blagues de collégien, un collégien qu'il fallait parfois gronder. Et de son empressement à aider, sans même quitter son uniforme, les accessoiristes à déplacer les meubles, ajouter une lampe sur pied, changer un bibelot, donner du foin vert aux chevaux de parade. Toujours, le besoin d'agir, de se dépenser, de malmener son statut de vedette et de faire comme à la maison. Le cinéaste quitte la clinique et marche jusqu'à la Seine. La ville s'enténèbre. Il n'est pas pressé. Son avenir est derrière lui.

Une infirmière profite de la place laissée par le visiteur pour se glisser, un journal à la main et le rose aux joues, dans la chambre de Gérard. Elle lui demande s'il accepte de dédicacer le numéro de l'hebdomadaire *Arts*, dirigé par l'écrivain Jacques Laurent, dans lequel l'acteur a bien voulu se prêter, sans chichis, au « jeu des questions ». Avant de le signer, Gérard se relit et puis tend l'exemplaire avec un grand sourire : « C'est un peu anecdotique, mais au moins je n'ai pas triché... »

— *Votre portrait moral ?*
— *Je suis ambitieux.*
— *Votre première qualité ?*

— L'orgueil.

— Votre principal défaut ?

— L'orgueil.

— Êtes-vous optimiste ?

— Je le deviens, face aux situations inextricables, embrouillées ou angoissantes.

— Que détestez-vous le plus ?

— La mauvaise foi, la mollesse, le manque de conscience professionnelle.

— Êtes-vous timide ? En quelles circonstances ?

— Je suis timide, mais ne me demandez pas en quelles circonstances.

— Avez-vous de l'à-propos ?

— Quand je ne suis pas fatigué.

— Comment se manifeste votre nervosité ?

— Par l'insolence.

— Qu'est-ce qui vous inquiète et vous réjouit le plus ?

— L'homme.

— À quoi devez-vous votre réussite ?

— À la chance d'une part, à l'acharnement de l'autre.

— Êtes-vous enthousiaste ou réfléchi ?

— Je suis enthousiaste d'abord, je réfléchis ensuite.

— Quelle pensée s'impose souvent à vous ?

— L'urgence des choses que je dois faire.

— Qu'est-ce qui vous étonne dans la vie ?

— Sa brièveté.

— Où vous sentez-vous très à l'aise ?

— Chez moi.

— Très embarrassé ?

— Chez ceux que je ne connais pas.

— Regrettez-vous quelque chose ?

— La jeunesse.

— Êtes-vous soucieux de votre état de santé ? Voyez-vous souvent votre médecin ?

— Je le consulte quand je suis malade. Mais je ne suis guère du genre « médicament ».

— Avez-vous peur de la mort ?

— Hé, oui !

— Quelles qualités appréciez-vous chez une femme ?

— Tendresse, générosité, lucidité.

— Quelles qualités appréciez-vous chez vos amis ?

— Le silence. J'aime qu'un ami sache l'observer.

— Quelles sont les choses qui vous passionnent en dehors de votre métier ?

— Le métier des autres.

— Quelle profession auriez-vous exercée si vous n'aviez pas été comédien ?

— Médecin, ou une carrière tournée vers la recherche scientifique.

— Votre dramaturge préféré ?

— Molière.

— Votre poète préféré ?

— Paul Éluard.

— Quelle est à votre avis la personnalité la plus marquante de ce siècle ?

— Lénine.

— Quelles sont les villes qui vous ont le plus frappé ?

— Rome, Varsovie, Leningrad, Pékin.

— Si l'on vous interdisait de vivre en France, où vous fixeriez-vous ?

— À Rome, à Varsovie ou en Chine.

— Votre mot d'esprit préféré ?

— "Que se passe-t-il, Valda ?"

CLINIQUE VIOLET

9 novembre 1959

Lorsque, au petit matin, les infirmiers entrent dans la chambre, précédés de leur long chariot, Gérard se tourne vers Anne et la supplie de s'éloigner du spectacle qu'il offre, et qui lui ressemble si peu, de rentrer chez eux, d'être plutôt auprès des enfants. « Je ne veux pas que tu sois là au moment où je redescendrai. On est laid quand on vient d'être opéré et qu'on dort encore. » Elle dit : « Oui, bien sûr », et pense « non, bien sûr ». Elle regarde son homme glisser vers le monte-charge, au bout du couloir, qui, dans un bruit d'excavatrice encrassée, le conduit au grand bloc énigmatique. Et puis elle part s'asseoir dans une salle d'attente trop chauffée où, venus l'entourer, sont réunis René et Bronia Clair, Pierre et Aline Vellay.

Jamais, entre ces amis habitués à se retrouver dans les coulisses souterraines de l'immense Chaillot ou les criques sauvages de la presqu'île de Saint-Tropez, où René vient d'acheter une villa de style italien au bord de l'eau, le silence n'a été si lourd, à peine troublé, à l'étage, par des va-et-vient caoutchouteux et métalliques, des chocs de plateaux-repas qu'on empile, des messes basses de confessionnal ou de conspirateurs. Voudraient-ils parler qu'ils ne sauraient pas quoi dire, partagés qu'ils sont entre l'espoir d'une intervention bénigne et l'inquiétant soupçon qu'on puisse leur cacher un mal sournois, et plus grave. Dans sa tête, qu'il tient entre ses mains, le docteur Vellay raisonne son inquiétude avec des démonstrations qu'il voudrait scientifiques : Gérard est jeune, robuste, et, si l'on excepte sa grave pleurite à l'adolescence, il a toujours été d'une insolente bonne santé, n'a jamais été infecté par le virus de l'hépatite B ou C, n'a jamais consommé d'anabolisants, son ventre plat est d'un varappeur ou d'un navigateur à la voile, il boit modérément et ne fume que pour le plaisir, après les repas. Ses seules addictions sont au théâtre, au cinéma et au socialisme. Comment pourrait-il donc être en danger.

Bronia Clair, née Perlmutter à Brest-Litovsk et venue à Paris, en 1922, encore adolescente, par le train d'Amsterdam, petite femme au regard vert clair teinté de jaune, a beaucoup moins d'illusions. Elle sait bien que la jeunesse n'est ni un argument ni une excuse. Ancien mannequin chez Poiret, elle tient que les destins les plus éclatants sont brefs, et cruels. Rue de Tournon, toujours la rue de Tournon, où un hôtel avait abrité leurs amours torrides et éphémères, elle avait en effet serré dans ses bras un garçon morose aux joues en feu et aux lèvres boudeuses, qui fut terrassé, à vingt ans, par la typhoïde. Les « soldats de Dieu » surarmés, qu'il avait entrevus dans son dernier délire nocturne, l'avaient « fusillé » à l'orée de sa vie. Même Jean Cocteau n'avait pas réussi à faire un rempart de son corps angulaire et osseux. Ce garçon, Raymond Radiguet, était l'auteur d'un premier roman, *Le Diable au corps*, paru huit mois avant sa mort, dont le héros et narrateur avait désormais, depuis le film de Claude Autant-Lara, en 1947, l'enfantin visage de Gérard Philipe. Bronia se rappelle soudain les mots de Cocteau sur l'amant capricieux que, non sans frictions, ils s'étaient partagé : « J'avais tout de suite vu que Radiguet était prêté, qu'il faudrait le rendre. Mais je voulais faire la bête, coûte que coûte le détourner de sa vocation de mort. » Elle se demande alors, dans cette salle où l'attente est insupportable, si Gérard, lui aussi, n'a pas été prêté. Et si l'heure n'a pas déjà sonné de devoir le rendre. Bronia ferme les yeux et enfouit son visage sous l'épaule de son mari, qui, lui, n'a jamais brûlé sa vie et fera sans doute, en habit vert, un beau vieillard aux rides fluviales.

Sur sa chaise en plastique beige, Anne ne bouge pas, figée dans son plâtre d'angoisse comme un modèle de pietà devant un invisible statuaire. Elle a quarante-deux ans et pense à ce proverbe chinois : « Le chemin le plus long est celui où l'on marche seul », dont elle avait fait sa devise lorsqu'elle traversait, il y a plus de dix ans, à pied et à cheval, le désert rosé du Sin-kiang. Elle s'appelait alors Nicole Fourcade, elle était l'épouse du diplomate français à Nankin François Fourcade (ils s'étaient mariés en 1938, avaient divorcé en 1949), qui lui avait fait découvrir la route de la soie et l'avait libérée de son patronyme belge, Navaux, qu'elle détestait, ainsi que de son troisième prénom, Ghislaine, qu'elle avait toujours désavoué. C'est Gérard qui l'avait priée de reprendre le premier, Anne, avant de l'épouser, en 1951. Très vite, comme si le temps était pressé, ils avaient eu deux enfants, Anne-Marie, née à la veille de Noël, en 1954, et, deux ans plus tard, Olivier, qui avaient procuré à Gérard un sentiment d'accomplissement, l'avaient fait entrer dans l'âge adulte, auquel jusqu'alors il se refusait obstinément. Maintenant, c'est pour eux qu'il jouait Ruy Blas ou Perdican, qu'il gravait sur disques *Mozart raconté aux enfants*, texte de Georges Duhamel, *Pierre et le loup*, de Serge Prokofiev, avec l'orchestre symphonique de l'URSS, *Huit fables*, de La Fontaine, *Les Plus Beaux Poèmes de la langue française*, de Villon à Vigny et de Ronsard à Rimbaud, ou *Le Petit Prince*, de Saint-Exupéry, des textes enregistrés en studio, qu'il lisait, d'une voix de jeune précepteur, au bord de petits lits imaginaires. Pour eux deux, ces petites têtes blondes qui avaient ses fossettes et son menton aigu, mais aussi pour Alain, le fils, né en juillet 1939, qu'Anne avait eu de François Fourcade, et que Gérard considérait comme le sien. Ils formaient une famille, que le temps embellirait, bien à l'écart d'un monde où la gloire saccage la vie privée, où les vedettes sont volages, les couples provisoires et les enfants, négligés. Après l'hôpital, ils retrouveraient donc une vie normale, entre la rue de Tournon où l'horloge du Sénat sonne les heures, les parties de cache-cache dans le parc de Cergy, les longs étés ramatuellois, dont ni les tournages pour le cinéma ni les tournées avec le TNP ne briseraient le rythme tranquille, auxquels ils ajouteraient seulement un peu de folie douce et beaucoup de sortilèges. Anne-Marie et Olivier grandiraient dans le regard de leur père. Ils auraient bientôt l'âge d'aller l'applaudir à la nuit tombée et de rire des étranges costumes, si lourds, festonnés, galonnés et démodés, que son métier lui imposait de porter. Ils seraient à la fois tendres et fiers. Papa est un grand comédien, mais c'est d'abord un papa.

Plus d'une heure a passé. La main d'une infirmière vient se poser avec une délicatesse de colombe sur l'épaule d'Anne, qui ouvre les yeux comme si on la réveillait. Les médecins demandent à la voir, seule. Elle regarde ses amis d'un air inquiet, se lève et suit l'infirmière, qui la conduit dans une pièce contiguë au bloc opératoire. Quatre hommes en blouse blanche l'attendent debout. Celui qui lui parle est le professeur François de Gaudart d'Allaines. Il lui annonce qu'il y a eu intervention, mais pas opération, qu'il était trop tard pour la tenter. En ouvrant, le chirurgien et ses collègues ont découvert l'étendue du mal : ce qu'ils pensaient être un abcès amibien est, en vérité, un cancer primitif du foie, qui s'est développé de manière spontanée et est longtemps resté silencieux, sans provoquer donc de signes cliniques, d'où la difficulté à établir un diagnostic précoce. Il s'agit, précise Gaudart d'Allaines, d'un carcinome hépatocellulaire. Anne l'écoute sans l'entendre. Elle a l'impression de vivre un cauchemar. « Le cancer de votre mari est très rare, il n'en existe qu'une poignée de cas dans les annales de la médecine. » La tumeur est trop grosse, le mal irréversible. L'ablation n'y changerait rien. Deux des médecins baissent les yeux. Emmitouflée dans son manteau, insensible à la chaleur, au monde réel, Anne est immobile, muette, ses pieds semblent coulés dans du ciment frais. Le silence s'abat soudain sur cette pièce à côté de laquelle dort, d'un sommeil artificiel, dans la grande nuit de l'ignorance, l'homme de sa vie.

Elle regarde droit le chirurgien et, sur un ton sec qui appelle une réponse sèche, demande simplement : « Combien de temps ? » « De quinze jours à six mois. Six mois maximum. » Ce n'est pas un pronostic, c'est une sentence, et elle est sans appel. Elle comprend : plutôt quinze jours que six mois. L'avenir, c'est donc demain. Une question d'heures. Le temps d'un soupir. « Et vous ne pouvez pas faire qu'il ne se réveille plus puisqu'il dort encore ? » « Non, madame. »

Anne ne fléchit pas. Elle ne pense qu'au moment où Gérard sortira du bloc et ouvrira les yeux. Que lui dira-t-elle, en lui prenant les mains ? Que tout est fini ? Qu'il est condamné à mort ? Qu'il faut déjà se préparer à partir ? Qu'il doit encore trouver les mots pour dire adieu à ses enfants, à ses parents, à ses amis et à ce métier, où il voulait croire qu'on lui octroierait, bien avant ses quarante ans, des rôles de la maturité, sans blagues ni galopades ? Elle a le courage de n'avoir plus aucun espoir ; aura-t-elle celui de lui dire la vérité ? Maintenant, elle frissonne. D'effroi.

Le professeur Gaudart d'Allaines la prend à part et lui assure qu'il ne souffrira pas. La médecine a progressé, on sait désormais juguler la douleur et endormir les corps incurables. Mentir à M. Philipe, ce ne serait pas lui mentir. Ce serait lui offrir un sursis, un répit, et tromper l'ennemi, qui ajournera peut-être, par lassitude, son dernier assaut. Et puis un cerveau qui n'a pas abdiqué résiste mieux, il va vers la mort plein de vie. Il s'éteindra d'épuisement. Anne pose encore quelques questions précises sur l'évolution foudroyante du mal, sur la puissance des analgésiques et des somnifères, sur l'efficacité de la médicalisation à domicile, mais aussi sur les signes qui pourraient alerter son mari et lui faire penser qu'il a été abusé. Elle prend alors, à haute voix, sa décision : « Il ne saura pas. »

À René et Bronia Clair, Pierre et Aline Vellay, qui patientent toujours dans la salle d'attente, elle apparaît, livide, et leur dit : « Il est fichu. Mais je veux qu'il l'ignore. Vous m'y aiderez, n'est-ce pas ? » Elle pleure, enfin.

BOULEVARD DU MONTPARNASSE

9 novembre 1959

Jamais le grand portail noir du 126 boulevard du Montparnasse ne lui a semblé si lourd, comme s'il ne voulait pas céder à la tristesse. François de Gaudart d'Allaines rentre de la clinique à la nuit tombée. Il habite cet immeuble haussmannien, où vécut Léon Blum, derrière lequel se dessine une perspective de façades blanches en pierre lisse, de grands ateliers d'artistes aux verrières arrondies, de cours, de patios et de jardins disposés harmonieusement dans un ensemble conçu, en 1926, par les architectes Louis Süe et Paul Huillard, qui avaient rêvé une manière de village arboré et inspiré, à l'abri de la grande ville, au cœur du quartier de Van Dongen, de Marie Laurencin, du Douanier Rousseau, de Chagall et de Picasso. Un havre de paix, ce soir sans paix. Comme une fresque inachevée.

Le professeur s'enferme dans son bureau. Sa femme, Suzanne, lui a trouvé un air sombre et impénétrable, lorsqu'il a ouvert la porte de l'appartement, mais il a repoussé ses questions d'une main lasse et fatiguée. Ce n'est pas seulement le devoir de réserve qui l'oblige au silence ; c'est aussi le désarroi, auquel il ne s'habituera jamais, où le jette l'impuissance à sauver un jeune homme, devant lequel la vieille médecine capitule, un peu honteuse, un peu gênée, un peu chancelante.

Lui, le brillant disciple de Paul Lecène et d'Henri Mondor, qui a vu mourir tant de gamins pendant la Grande Guerre, où il servait dans l'ambulance chirurgicale mobile de son beau-père, Paul Launay, et a assisté au massacre méthodique de poilus imberbes, dont on aurait dit qu'ils étaient passés directement du collège à la tranchée, troquant le cartable contre la gibecière, voit la condamnation de Gérard Philipe comme une défaite personnelle. Sa science le déçoit et soudain l'exaspère. Elle lui semble dérisoire. Même sa foi vacille. Il voudrait un miracle, il n'obtient que des incertitudes. Le regard à la fois suppliant et inquisiteur d'Anne, si profondément plongé dans le sien, ne cesse de le hanter. Tout à l'heure, après avoir compris qu'il n'y avait plus d'espoir, elle a réclamé un ultime calendrier, et il n'a pas su quoi répondre. Mais que répondre ? Cette maladie, qui avance masquée, est une énigme, un hiéroglyphe indéchiffrable. Et voici qu'elle réclame des proies fraîches. Il pense à son fils, Claude, trente-six ans lui aussi, plein de santé et d'ambitions, qui lui ressemble au point d'avoir choisi à son tour de devenir chirurgien. Un déjà très bon chirurgien. Peut-être saura-t-il, si Dieu lui prête la longue vie qu'il refuse à Gérard et si les progrès de la médecine ne sont pas un vœu pieux, sauver ceux que son père, aujourd'hui, ne peut pas guérir.

Dans son bureau tapissé de livres reliés et couvert de tableaux, où il tourne en rond, l'amoureux du théâtre, le chirurgien de Sacha Guitry, qu'il a opéré avec succès (« Ah, docteur, j'ai bien failli vous perdre ! », lui a lancé le malade en salle de réveil), le collectionneur de tableaux de Vuillard et de Derain, le lecteur de Maurice Genevoix, de Jean Mistler et de Marcel Brion n'accepte pas davantage la mort programmée d'un artiste dans la fleur de l'âge, qui a encore tant à donner. Il se souvient d'être allé voir *Le Cid*, avec sa femme, à Suresnes, pendant l'hiver de 1951 et d'avoir frémi en entendant, comme jamais il ne l'avait entendu, le fameux récit de la bataille des Maures et ses « Nous partîmes cinq cents… ». Ce n'était pas l'épopée, tant de fois rabâchée au lycée, si souvent surjouée à la Comédie-Française, où il était abonné comme on cotise au Jockey Club, d'un fier-à-bras lyrique, d'un rodomont plastronnant, c'était, racontée, presque chantée par un enfant exalté, et ponctuée de quelques rires acidulés, la chronique ludique d'une victoire imprévue, jusqu'à l'ébahissement de son épilogue : « Et le combat cessa, faute de combattants. » Ce soir-là, il découvrit que, malgré le col trop amidonné du pourpoint, Rodrigue avait la grâce, que la voix d'un guerrier pouvait être caressante et que, portées par une sincérité qui frôlait l'innocence, ces vieilles stances étaient d'une candeur éclatante. Même la manière dont il allait embrasser Don Diègue était joyeuse. La tragédie renouait avec l'espagnolade. La Castille était lumineuse. On ne sentait ni le poids du palais ni la lourdeur des étoffes. Le théâtre exultait de vie et descendait dans celle des spectateurs. El Cid rayonnait.

À partir de ce jour, François et Suzanne de Gaudart d'Allaines n'ont plus manqué une seule pièce dans laquelle jouait Gérard et ils n'ont jamais été déçus, trop heureux d'être les contemporains de ce jeune dieu, dont l'ardeur n'avait d'égale que la prévenance. Et on ne soigne pas un jeune dieu, se dit le grand médecin, pour tenter de soulager sa peine et sa conscience, tandis que sa femme toque à la porte et lui propose de dîner. Peut-être est-il allé si haut parce qu'il pressentait qu'il tomberait vite. Les vies brèves, qui ignorent les pathologies ordinaires, ont un éclat insoupçonné.

Il se rappelle avoir lu, d'un jeune poète bordelais de vingt-sept ans, tué en septembre 1914 par un obus sur le chemin des Dames, *L'Horizon chimérique*. C'était une ode aux odyssées sans retour, un magnificat océanique, le rêve d'une circumnavigation que, frappé à l'instant de l'assaut et enterré dans une boue d'apocalypse, il n'accomplirait jamais. Ses poèmes avaient la beauté des œuvres sauvées in extremis du désastre. Il trouve, glissé entre *Le Feu*, d'Henri Barbusse, et *Les Croix de bois*, de Roland Dorgelès, le mince et frêle volume de Jean de La Ville de Mirmont, et il tombe sur ces vers :

Cette fois, mon cœur, c'est le grand voyage.
Nous ne savons pas quand nous reviendrons.
Serons-nous plus fiers, plus fous ou plus sages ?
Qu'importe, mon cœur, puisque nous partons,

et il pense au bel Achille, qui dort et vogue là-bas, comme bercé par les flots, sur son petit lit blanc.

CLINIQUE VIOLET

10 novembre 1959

Dans une lumière tamisée de pièce crépusculaire, d'épilogue tchekhovien, Anne est demeurée toute la nuit à son chevet. Elle est restée éveillée pour le regarder dormir, pour entendre son petit ronflement syncopé d'animal piégé par la sonde nasale, pour lui caresser la main reliée au goutte-à-goutte, pour lui chuchoter des mots qu'il n'entend pas, pour le protéger. Il a le visage paisible de qui se repose, après la tempête, sur une mer d'huile. Elle voudrait que le temps s'arrête, et qu'il ne se réveille pas, et qu'elle ne dorme plus, et qu'ils demeurent ainsi, tous les deux, unis pour toujours dans le grand silence d'après la fin du monde.

Parfois, le chagrin la submerge, et elle serre encore plus fort la main tiède, qui savait si bien caresser et ne réagit plus. Parfois aussi, c'est la colère qui monte, éruptive et volcanique, devant l'injustice du destin, jamais si cruelle qu'avec les êtres radieux, gracieux, insoucieux. Elle se retient de hurler, d'apostropher à haute voix ce Dieu auquel elle n'a jamais cru, mais qu'elle rend pourtant responsable de la tragédie. Jamais, elle n'a eu le sentiment d'être si seule.

À mesure que l'aube approche, une aube bestiale et sauvage, elle se demande comment elle va pouvoir, dans l'appartement de la rue de Tournon, jouer la comédie devant un tel comédien. Elle a l'impression de répéter, en coulisse, un rôle de fourbe, dans un mauvais drame dont le metteur en scène, impuissant et lâche, aurait fui avant la générale. Dans sa tête, elle s'exerce déjà à soutenir son regard, feindre de vaquer dans la bonne humeur aux affaires courantes – « Veux-tu que j'achète du poisson au marché de Buci ? », « Tu as vu les dessins des enfants ? », « M. Brunet m'a appelé, il voudrait élaguer les chênes du parc avant le grand froid, tu es d'accord ? » –, envisager avec le plus grand naturel leur avenir commun et s'amuser à construire des châteaux en Espagne. Elle ne sait pas si elle aura, jour après jour, la force de dissimuler sa propre angoisse et le courage de duper celui auquel jamais elle n'a menti. Elle ne sait pas non plus combien de temps elle pourra résister à la mauvaise conscience, qui la ronge déjà : de quel droit, se dit-elle, l'emmener en traître là où il aurait pu aller si bravement ? Pourquoi le délester de son intrépidité, lui épargner la valeur de ce dernier combat ? Et puis, il y a les enfants, qui vont être si heureux de le revoir et qu'elle va tromper, eux aussi, en leur faisant accroire que leur père est en convalescence, qu'il sera bientôt debout pour fêter Noël en famille. Il faudra encore mentir à Minou, qui ne saurait pas garder le secret ni cacher ses larmes devant son fils adoré, dont la respiration est gênée par des tuyaux opaques. C'est si lourd, tout ça, et rien ne l'avait préparée à supporter une telle charge.

Anne ferme les yeux. Elle se rappelle les jours heureux, leur première et furtive rencontre, juste après la guerre, dans un village des Pyrénées, leurs amours clandestines, à la fin des années 40, dans une garçonnière de Neuilly, boulevard d'Inkermann, qui surplombait le bois de Boulogne, ensuite leur installation saisonnière dans un moulin de la vallée de Chevreuse, où Gérard avait soigné sa tuberculose comme si c'était une simple grippe, et puis leur vie nomade et joyeuse en train ou en autocar, de ville en ville, de pension en hôtel, de loge en loge, au gré des tournées moliéresques du TNP.

Ils ne cherchaient plus, désormais, à éviter les photographes, toujours un peu déçus de voir une inconnue au profil timide dans les bras du jeune premier qui avait embrassé avec fougue et quelquefois conquis les plus belles filles, brunes ou blondes, sévères ou canailles, Micheline Presle, Michèle Morgan, Maria Casarès, Gina Lollobrigida, Martine Carol, Danielle Darrieux, Anouk Aimée, Jeanne Moreau, Geneviève Page, Brigitte Bardot, Natasha Parry, Germaine Montero... Jusqu'à leur mariage, le 29 novembre 1951, à la mairie de Neuilly, devant M. Achille Peretti et dans la plus stricte intimité, avec Bronia et René Clair pour témoins, mais sans la mère de Gérard ni son frère Jean, sans non plus la mère d'Anne, car ils devaient inventer leur nouvelle existence, s'affranchir de leur passé, défier l'avenir, construire leur bonheur sur un terrain vierge, sans racines et en friche. Tout était allé si vite, tout irait maintenant si vite. Le temps était déjà venu de rendre des comptes et de rembourser.

Le ciel blanchit. Gérard se réveille doucement. Il ouvre un œil étonné, puis deux. Anne se rapproche de son visage cireux, et lui sourit, d'un sourire rassuré et rassurant. Elle inspire et lui murmure : « Tout va bien. » À son tour, il sourit. Un long silence, et elle ajoute, lentement : « C'était en effet un abcès amibien. Il n'y en a plus. L'opération s'est très bien déroulée. Ils veulent te garder quelques jours en observation, et après, on rentre à la maison. » Anne est surprise par son propre sang-froid. Elle est entrée dans le rôle sans hésitation, comme on plonge dans l'eau froide, tête la première. Elle semble se convaincre elle-même et croire, un instant, à sa fabulation.

— Tu n'as pas mal ?

— Non, je me sens groggy. Et j'ai la bouche pâteuse. Je vais avoir besoin de repos. Quand j'aurai repris des forces, on ira à Ramatuelle. Tu sais, juste avant de m'endormir, l'anesthésiste m'a dit : “Pensez, monsieur Philipe, à une belle image", et j'ai vu le vallon qui descend au lavoir, sous le soleil de midi, à travers les vignes, pleines de grappes de raisin jeune et vert. Maintenant que je suis sauvé, je veux retrouver notre vallon.

Anne le lui promet. Alors, il retombe dans le sommeil.

CLINIQUE VIOLET

11 novembre 1959

Ce matin, la France célèbre l'armistice. À l'arc de triomphe, le général de Gaulle ravive la flamme sur la tombe du soldat inconnu en ouvrant la trappe avec un glaive pendant que la sonnerie aux morts retentit et que s'inclinent vers le sol de très anciens drapeaux tricolores. Au même instant, rue Violet, dans une impeccable blouse blanche, Gaudart d'Allaines vient rendre visite à son malade. Il lui confirme ce qu'Anne lui a dit : tout s'est bien passé. Il faut maintenant être patient.

— Je vous garde ici une semaine. Le 19, vous serez chez vous.

Gérard se cabre sur son lit, esquisse une grimace. Il sait qu'il n'en a pas la force, mais il voudrait déjà rentrer.

— Huit jours, professeur, c'est trop long. Je me connais, je ne sais pas être inactif. Comme mon cheval dans *Fanfan*, je ronge déjà mon frein.

Le médecin sourit, argue qu'il doit aller jusqu'au

bout de sa mission. Il veut que le patient reparte en bonne santé. La plaie doit encore se cicatriser et le corps, se raffermir. Les médicaments et les calmants ne peuvent encore passer que par le précieux goutte-à-goutte.

— Profitez plutôt du temps libre que cette hospitalisation vous octroie. Et puis, vous avez des livres pour vous occuper, et même la télé !

Joignant le geste à la parole, Gaudart d'Allaines allume le poste. C'est l'heure des « Actualités françaises ». On y rend compte, ce jour-là, selon un ordre déroutant, d'un concours d'archers près de Salzbourg, de l'invention d'un étudiant américain qui a imaginé la trottinette à moteur de l'an 2000, de la victoire, au football, de Nîmes sur Reims par deux buts à un, de fêtes grandioses organisées à Téhéran pour les quarante et un ans du shah Mohammad Reza Pahlavi, de photos de la Lune prises par les Soviétiques et de la mode des fuseaux féminins, qui fait fureur sur les pistes de ski françaises.

Dans la chambre n° 7, Gérard soupire. Il rêve soudain d'air pur et glacial, de sommets immaculés, de glissades en luge sur la neige, avec Anne-Marie et Olivier, ivres de vitesse et de joie. Il voudrait s'alléger, s'élever, se rapprocher du ciel. Il ferme les yeux. On ne sait pas s'il s'endort ou patine.

Le chirurgien se retire, Anne demeure, l'air vague. Et soudain lui revient, comme une atroce ironie du destin, le souvenir d'un appel aux dons que son mari avait lancé, un soir de mars 1954, aux « Actualités françaises », à l'occasion d'une campagne nationale de lutte contre le cancer. Afin de marquer les esprits des téléspectateurs, il s'était maquillé comme s'il entrait en scène, avait revêtu son costume du Cid, lourd comme un dais, et pris cet air grave, emprunté, que la tragédie favorise et que le khôl souligne. « Ce n'est pas la première fois que nous nous regardons en face, avait déclaré Rodrigue en s'adressant à la caméra. Je voudrais aujourd'hui vous entretenir d'un sujet douloureux, le cancer. En France, chaque année, quatre-vingt-dix mille personnes en meurent. Savez-vous que trente mille d'entre elles pourraient être sauvées, si leur mal était découvert et sauvé à temps ? Mais notre pays n'a pas les moyens nécessaires et il n'y a pas assez de centres de lutte contre le cancer. Les savants cherchent avec une patience ardente comment terrasser le terrible mal. Il faut les aider à y parvenir, le plus tôt possible. Aussi je vous adjure d'ouvrir votre bourse en faveur des malades et des chercheurs, et de l'ouvrir largement. Oui, je vous adjure… »

Sa supplique avait été entendue, l'argent était venu de tous les coins de France et même de l'étranger, de tous les milieux, de toutes les classes sociales, mais le mal avait continué de progresser. Et il avait commencé par s'attaquer à l'acteur qui, par son commandement et avec de prompts renforts, croyait contribuer à l'éradiquer. Quand l'heure viendra de le coucher sous la terre, se dit Anne, il portera l'habit de cet appel, de cette adjuration.

CLINIQUE VIOLET

12 novembre 1959

Elle veut voir son « Gégé ». Tout de suite. Ce matin, à l'accueil de la clinique, Minou, à qui un manteau de fourrure donne, selon elle, un surcroît d'autorité, exige une faveur. L'heure n'est pas encore aux visites, mais une mère a tous les droits. Y compris, ajoute-t-elle, celui de dormir au pied du lit de son fils, si l'envie lui en prend. Il y a tant d'amour et tant d'angoisse dans cette supplique. Et puis, pense l'hôtesse, qui feuillette *Cinémonde* avec nonchalance et finit par céder, c'est la maman de Gérard Philipe, elle rend plus humain et un peu enfantin le demi-dieu, elle seule peut l'empêcher de vieillir trop vite : « Chambre n° 7, madame. »

Marie Elisa Villette, alias Minou, a soixante-six ans, la taille épaisse, les cheveux noir de jais, des yeux slaves, un port altier de camériste et le menton Philipe. Alertée par sa belle-fille, qu'elle ne porte guère dans son cœur, et c'est réciproque – entre elles, comme un mélange de rivalité et de jalousie –, elle a quitté précipitamment la Côte d'Azur pour se rendre au chevet de Gérard. En même temps elle ignore la gravité de son mal et l'imagine à l'article de la mort. Elle est donc venue pour le réconforter et se rassurer. Au bout du long couloir blanc, elle aperçoit Anne, les traits tirés, étrangement affectée, qui vient vers elle. Les deux femmes se rejoignent d'un pas somnambulique et s'embrassent sans effusion. On croirait qu'elles obéissent à une convenance de cour. Minou l'interroge du regard. Anne la prévient.

— Ne soyez pas surprise, vous allez le trouver changé. Il est très fatigué. Les résultats sont plutôt bons, mais l'opération a été lourde, il ne s'en est pas encore remis. Cela risque d'être long.

Depuis son divorce d'avec Marcel Philip, en 1947, Minou, fille d'un pâtissier beauceron, qui tenait boutique devant la cathédrale de Chartres, et d'une émigrée tchèque originaire de Prague, vit seule au 22 rue de Tocqueville, dans le dix-septième arrondissement de Paris, au milieu des samovars, des vieux cuivres, des tomes reliés et dépareillés de *La Recherche du temps perdu*, des piles de *Paris-Match* et de jeux de cartes écornées. Car elle a toujours flirté avec l'ésotérisme et lu dans les tarots. Des amies de son fils chéri, dont Maria Casarès et Danièle Delorme, viennent d'ailleurs régulièrement consulter celle qui croit au pouvoir des astres, des esprits, à la numérologie, et que tout est écrit. Il faut seulement donner, parfois, un petit coup de pouce à la chance et l'amadouer. Elle prétend ainsi avoir convaincu Gérard, lorsqu'il avait vingt-deux ans, d'ajouter un « e » à son patronyme, moins pour le franciser qu'afin d'obtenir, avec les lettres de son prénom et de son nom, le chiffre treize, qui lui porterait bonheur et lui assurerait d'innombrables succès. Pendant l'Occupation, elle pratiquait la voyance et le spiritisme dans un petit salon du Parc Palace Hôtel, à Grasse, où des réfugiés célèbres, parmi lesquels Marc Allégret, qui saisit aussitôt les promesses de Gérard, et André Gide, venaient se faire tirer les cartes ; aujourd'hui, la diseuse de bonne aventure voudrait bien transmettre secrètement à son fils, dont elle est certaine d'avoir déterminé le destin et qu'elle regrette de voir si peu, un fluide réparateur et régénérateur. C'est, pense-t-elle, la vertu des maladies, elles métamorphosent les adultes triomphants en enfants tremblants, dont les mamans font disparaître, avec de longues caresses sur le front chaud, la fièvre, les fourbures, et l'apeurement.

Minou ouvre la porte de la chambre et voit Gérard faire, au bras d'un infirmier, quelques pas lents, des pas de vieillard, autour de son lit. Il a un teint de revenant, les cheveux en bataille, les paupières lourdes, et, sous un pyjama trop large, un profil giacomettien. Elle ne laisse rien paraître de son trouble et de sa peine. Les paroles rassurantes de son fils, qui se force avec maladresse à se redresser : « Vous voyez, Maman, je suis déjà debout, et dans quelques jours, je serai à la maison », l'alarment davantage. Minou ne sait pas seulement lire dans les cartes, elle sait aussi lire sur les lèvres sèches et les corps exténués. Son fils ne va pas bien. Il semble habiter un autre corps que le sien et rejette la lumière. Même sa beauté est lasse. Si elle osait, elle demanderait à rencontrer les médecins, pour savoir exactement ce qu'ils lui ont enlevé, connaître le protocole des soins et obtenir le calendrier de son rétablissement. Mais elle n'ose pas. Sa belle-fille, qui est restée dans le couloir afin de préserver leur intimité, le prendrait très mal. Minou se résout donc à la croire sur parole et à ne pas montrer combien, en vérité, elle doute.

Avec l'aide précautionneuse de l'infirmier et des mouvements très lents, Gérard s'est recouché, épuisé par ses efforts, étourdi par sa brève station debout. Il ferme les yeux. Minou rapproche une chaise de son lit. Leurs doigts s'entrelacent. Elle lui murmure des mots tendres. Il sourit tristement. Et soudain, après un long silence, comme si elle voulait l'entraîner dans le passé afin qu'il y puise des forces neuves, elle devient intarissable. Sur le ton mélancolique et enjoué du « tu te souviens ? », elle lui dit qu'il fut un enfant à la fois précoce et en retard, ne parlant et ne marchant qu'à dix-huit mois, mais doué très tôt pour la simulation et la farce. Elle lui rappelle sa scarlatine, sa pleurésie, sa communion solennelle, son entrée à l'institut Stanislas, qui surplombe la baie de Cannes, et le premier prix de récitation qu'il avait reçu, à sept ans, des mains baguées d'un évêque mielleux, Mgr Ricard. Elle lui demande s'il est resté lié à son camarade de classe Louis Gendre, le fils des patrons du Grand-Hôtel, qui est devenu Louis Jourdan à Hollywood, où on le surnomme aujourd'hui le « French Lover ». Elle lui parle du garçon sage, silencieux et studieux qu'il était alors, un peu rétif aux leçons de violon qu'il prenait, avec Jean, son frère aîné, chez deux vieilles demoiselles du Suquet, sur le toit de Cannes, des visites de charité que la grand-mère rendait aux nécessiteux, où elle entraînait chaque dimanche ses deux petits-fils en culottes courtes, mais aussi des longs étés sur les hauteurs de Grasse, où la famille possédait une grande plantation d'oliviers, ainsi que des virées aux îles de Lérins, où il rôdait près du château fort dans l'espoir de réveiller le fantôme du Masque de fer. Sans ouvrir ses yeux, assommé par les analgésiques, Gérard entend sa mère lui raconter, d'une voix de berceuse, sa propre enfance, et vouloir coûte que coûte l'y maintenir. Elle vogue sous la tramontane, il flotte sur une Méditerranée amniotique. Précédé par des bouffées de thym et de lavande, des stridulations de cigales, des chaleurs salées de bord de mer, et même un goût d'huile d'olive, le Midi entre dans la clinique du Paris gris et plombé de novembre. Il donne à l'hiver un accent chantant.

Anne entrouvre la porte, conseille à Minou de laisser maintenant son fils se reposer : « Ne me le fatiguez pas trop. » Oh, l'insidieux et possessif « me ».

La mère se lève enfin, après avoir déposé un long baiser sur la joue de son petit malade.

— À demain, mon chéri, je reviendrai et te raconterai d'autres histoires.

— Merci, Maman. Et n'oubliez jamais que je vous dois tout parce que vous m'avez permis de faire le métier que j'aime.

Elle sort, plus droite qu'une infante.

CLINIQUE VIOLET

13 novembre 1959

Ce matin, il est temps de rassurer le fidèle Georges Perros, qui s'inquiète depuis son nouveau port d'attache, Douarnenez, où, après avoir définitivement tourné le dos à Paris, « dont l'engrenage est plus penchant que la tour de Pise », il s'est installé avec la blonde Tania et leurs deux petits enfants, mais sans le sou. Alerté par Minou, avec laquelle il entretient des liens fidèles et affectueux, il a envoyé des cartes postales à son frère de cœur, restées sans réponses, et fini par téléphoner à Anne pour connaître les raisons de cette hospitalisation. Lui qui se considère comme un malade permanent et s'étonne chaque matin d'être encore en vie ne se résout pas à l'idée que « le jeune Achille pétaradant, heureux d'exister et de le faire savoir », avec « un je-ne-sais-quoi de piémontais » et « une grâce modiglianienne », capable de grimper sur un pied au sommet de la tour Eiffel, toujours insolent de santé et de vitalité, doué comme personne pour « jouer sur des bougies allumées », soit aujourd'hui couché et, à en croire la voix elliptique d'Anne, menacé, mais menacé par on ne sait trop quoi.

Il s'agit d'empêcher Georges de broyer du noir. Il ne faut pas ajouter de l'angoisse à son pessimisme naturel et de l'incertitude à sa mélancolie permanente. Gérard dicte alors à sa femme une lettre apaisante, à la grammaire improbable et à la ponctuation invisible, où il ne cache pas son désir de voir son ami lui rendre visite et reformer, fût-ce pendant quelques instants, la bande dissoute de Cergy, le petit clan de l'Oise. « Mais qu'il vienne sans ses puces », ajoute Anne, narquoise. Du temps où il habitait avec eux à Cergy, Georges s'était en effet pris de passion pour une petite cocker noire, Zita, « folle de charme », qui était couverte de puces et les lui avait transmises. Anne, alors enceinte d'Anne-Marie, les avait à son tour attrapées et avait supplié Georges de procéder à leur extermination, mais, très susceptible, il avait refusé. Tout Cergy avait alors vécu au milieu des puces sauteuses.

Anne prend en dictée la lettre de Gérard :

Georges je n'ai pour te suivre que les mots que tu m'as envoyés et qui m'apportaient du bonheur comme signe de trait d'union, comme signe de la main.

Mais elle est lasse cette main et le signe triste. Ne peux-tu venir me voir quand tu passes à Paris ? ou m'écrire.

Es-tu si abattu ? et fais-tu un effort de recomposition ?

Je t'écris ma première lettre, au lit, depuis longtemps. J'ai été opéré, on m'a enlevé deux abcès amibiens au foie. J'entre en convalescence prolongée.

Tout va bien maintenant semble-t-il au mieux sauf que le foie doit se guérir de la congestion que lui donnait depuis quelques années ce voisinage forcé.

As-tu avancé dans tes traductions des œuvres de Brecht et déjà livré ton travail ?

Dis-moi comment tu te sens d'avoir pris sur toi et de vivre entre la solitude et le couple.

À bientôt Georges.

Affectueusement à toi,

GÉRARD.

Georges, qui est hypocondriaque, n'est guère convaincu par ce diagnostic. Il juge suspect qu'un garçon maigre et athlétique puisse nourrir, dans son ventre plat, de si grouillants et méchants protozoaires. Lui qui abuse du tabac de pipe et des alcools forts consentirait volontiers à en être le siège, mais pas Gérard, dont le physique aristocratique résisterait à toutes les attaques. Il prendra donc le train pour Paris dans quelques semaines, sans doute avant Noël, dès qu'il aura trouvé un logement pour sa petite famille dans une HLM de la plage des Dames et mis un point final, dans le pauvre petit penty que la mairie lui prête sur la plage des Plomarc'h, à son premier volume de *Papiers collés*, à ses notes parcimonieuses de moraliste désabusé. Il laissera derrière lui la mer, « présence mouvante, ici-bas, de la mort », pour aller embrasser le très vivant Gérard et rire très fort avec lui. Après tout, rien ne presse. Ne lui a-t-il pas écrit qu'il entrait dans une convalescence prolongée ? Pour une fois, Georges va faire confiance aux toubibs.

CLINIQUE VIOLET

14 novembre 1959

Elle croit qu'il dort, alors il en profite et entrouvre des paupières chinoises. Il regarde Anne avec une tendresse filtrée et une gratitude jusqu'alors inexprimée. Assise dans l'unique fauteuil de la chambre, elle lit, à contre-jour, un coupe-papier à la main, le nouveau roman de Raymond Queneau, *Zazie dans le métro*, et semble y trouver du plaisir, du dépaysement et du répit.

Il aime son visage triangulaire de chatte angora, ses grands yeux noirs et profonds sous un large front, la manière dont sa lèvre supérieure, légèrement ourlée, encadre jusqu'aux commissures une bouche fine à la voix suave. Il aime sa beauté imparfaite et inapprivoisée, son port de tête un peu hautain, et qu'elle ait tant surpris, dès son apparition, les marieurs de vedettes à la petite semaine. Il sourit sous cape et sous son drap blanc en pensant à toutes les jeunes premières qu'on a voulu le voir épouser, à toutes les idylles qu'on lui a prêtées avec des lolitas aux longs cils blond vénitien et des ondines aux écailles de miel. Mais, contrariant les prophéties populaires et les oracles maternels, il leur a préféré une femme plus âgée, déjà mariée, mère d'un grand garçon, brune, wallonne, intellectuelle, progressiste, dont la grâce était timide et qui n'était pas son genre.

Elle avait fait des études de philosophie à Bruxelles, était devenue ethnologue, avait donc emprunté, sous le nom de Fourcade, la route de la soie et en avait rapporté, sous celui de Philipe, un récit chaotique, *Caravanes d'Asie*, que Paul-Émile Victor avait publié, en 1955, dans sa collection « La Croix du Sud ». Pendant qu'il assurait, sur les ondes et dans des salles de cinéma bondées, la promotion des *Grandes Manœuvres*, de René Clair, un film dont Jacques Audiberti disait qu'il avait « les pieds dans Courteline et la tête dans Racine », elle accompagnait discrètement la sortie de son premier livre, dans lequel elle racontait sa téméraire expédition, inédite pour une femme, de Nankin au Cachemire. Sur les écrans de France et sous les applaudissements, il paradait, en selle et en grand uniforme, à la tête du 33e Dragons, et elle expliquait, dans quelques librairies parisiennes au public clairsemé, comment elle avait trotté, à dos de cheval, de mulet et de yak, dans les pas de Marco Polo. Elle concluait volontiers qu'elle en était revenue plus philanthrope : « Ce voyage qui se déroula le plus souvent au fin fond de la solitude m'a paradoxalement aidée à découvrir l'importance de la personne humaine et la merveilleuse force créatrice de l'homme. Je sais maintenant que vivre en solitaire est aussi impossible que vivre sans respirer et que rien n'est plus beau ni plus satisfaisant que les rapports humains : amour, amitié, camaraderie, sympathie. » Du moins avait-elle pu assouvir, avant de rencontrer son second mari, sa tentation du désert. Tournant le dos à l'Occident, elle avait vu large et loin. Là-bas, elle avait appris à se fier aux visages, à ne pas être dupe des mirages. De ce voyage aux allures de pèlerinage, il lui était resté, dans la posture, un air extrême-oriental, une manière sibylline d'être toujours un peu en retrait, de dissimuler ses sentiments profonds, de cacher son empire, de pratiquer la litote, de parler à voix basse, de détester les mondanités et les futilités, de boire son thé très noir et de manière cérémonieuse. Elle impressionnait et parfois incommodait les producteurs, les acteurs, les agents, les journalistes qui tournaient autour de Gérard et craignaient qu'elle ne le leur enlevât.

Elle avait tout de suite aimé chez lui non pas ce qu'il était, mais ce qu'il pouvait devenir. Elle avait auguré Rodrigue et Lorenzo, deviné le Modi maudit de *Montparnasse 19* et le précepteur dostoïevskien du *Joueur*. À sa manière, elle avait eu envie de le redessiner à l'encre de Chine, d'aider à s'accomplir un destin ébauché. Et il avait compris que, insensible aux lumières artificielles, aux mensonges des succès de saison, aux victoires sans combat, elle l'empêcherait toujours de céder à la facilité, qui fut sa pente naturelle dans les années d'après guerre, où sa beauté droite lavait la France de sa laideur morale. Pour un *Caligula*, d'Albert Camus, et d'éphémères *Épiphanies*, d'Henri Pichette, combien de *K.M.X Labrador*, que Jacques Deval avait adapté de l'insignifiant *Petitcoat Fever* de H.W. Reed et joué à guichets fermés à la Michodière, ou de *Figurant de la Gaîté*, du Polonais Alfred Savoir, l'inventeur du « vaudeville d'idées », où il portait successivement les costumes d'un maharadjah, d'un évêque et d'un dompteur sur la scène du Montparnasse-Gaston Baty, où ses partenaires s'appelaient Jacqueline Maillan, Mila Parely et Jean-Jacques. Le titre de cette pièce, qu'il avait créée il y a seulement dix ans, ressemblait au jeune homme qu'il était alors : un « figurant de la gaieté », condamné à séduire les bourgeoises et donner du rêve aux notables, sur le grand boulevard du théâtre aux affiches de cabaret et aux odeurs de patchoulis.

Sans Anne, si douce et déterminée à la fois, il n'aurait pas tenté l'escalade à mains nues de la haute colline de Chaillot. Il n'aurait pas quitté Marcel Herrand pour Jean Vilar, troqué André Roussin contre Bertold Brecht, sacrifié *Au petit bonheur* à *La Tragédie du roi Richard II*. Il n'aurait pas accepté les règles égalitaires et intangibles du TNP – le même cachet que ses partenaires et son nom, en caractères ordinaires, placé, sur les affiches, selon le strict ordre alphabétique – ni de mettre sa notoriété au service du

Gallimard

Andante

C^{to} 21

Mozart

[illegible]

/ EISENHOWER [illegible]

[illegible]

théâtre pour tous et sa carrière de vedette entre parenthèses. Il n'aurait pas claironné : « Grâce au TNP, le spectateur ne vient plus au théâtre pour être isolé dans son fauteuil, et l'acteur participe davantage à l'action, il est autre que dans le théâtre à l'italienne, car il n'a pas le poids de la herse sur la tête, mais il reçoit le souffle qui vient de la salle. » Et quel souffle ! Il n'aurait pas joué comme on milite, pas traversé non plus le rideau de fer pour conquérir l'Europe de l'Est avec l'épée du Cid et la Chine de Mao avec la cuirasse de Ruy Blas.

Sans Anne, enveloppée ce matin dans un châle bleu clair et charmée par l'acidulée *Zazie*, il enchaînerait peut-être les emplois avantageux des comédies de Marcel Achard, d'Alexandre Breffort ou de Marc Camoletti, entre deux tournages de films dont, une fois encore, son juge le plus féroce et intraitable, François Truffaut, écrirait méchamment dans *Arts* qu'il ne pouvait se retenir de « poétiser », qu'il était « la terreur des bons metteurs en scène », « indirigeable », affublé d'un timbre de voix proche de « l'infirmité », abonné aux « personnages mélancoliques et poitrinaires au regard mouillé », « l'idole du public féminin entre quatorze et dix-huit ans »... C'est Anne, toujours, qui lui enjoignit, au cinéma, de quitter ses habits, trop bien coupés, de héros littéraires, tels Julien Sorel et Fabrice del Dongo, pour incarner, avec *Monsieur Ripois*, de René Clément, scénarisé par Raymond Queneau, tourné en caméra portée, voire cachée, un pitoyable don juan exilé à Londres. Ou encore l'austère et idéaliste ingénieur de *La Meilleure Part*, dont toute la vie semble n'aboutir qu'à la construction d'un barrage hydroélectrique en Savoie. C'était un film d'Yves Allégret, dont le slogan publicitaire annonçait la purge et l'apologue social : « Un monde inconnu où le drame est individuel et la passion, collective. »

Sans Anne, il aurait tout de même signé, parce que c'était sa conviction profonde, l'appel de Stockholm du 19 mars 1950, mais manifester avec elle, main dans la main, en tête de cortège, sur les grands boulevards parisiens, c'était encore ajouter à leur complicité : « Nous exigeons l'interdiction absolue de l'arme atomique, arme d'épouvante et d'extermination massive des populations. Nous exigeons l'établissement d'un rigoureux contrôle international pour assurer l'application de cette mesure d'interdiction. Nous considérons que le gouvernement qui, le premier, utiliserait contre n'importe quel pays l'arme atomique commettrait un crime contre l'humanité et serait traité comme criminel de guerre. Et nous appelons tous les hommes de bonne volonté dans le monde à signer cet appel. »

Mais elle n'a pas su le dissuader, Anne, de se lancer, il y a trois ans, dans la folle entreprise des *Aventures de Till l'espiègle*. Elle, si lucide, aurait dû pourtant envisager les vertiges et les écueils de cette utopie. Tout avait commencé en 1947. Pour son rôle dans *Le Diable au corps*, dont Jacques Prévert avait dit en sortant de la projection : « C'est plus beau qu'un film », il était allé recevoir le prix d'interprétation masculine au festival de Knokke-Le-Zoute, la station balnéaire de la côte belge où la petite Nicole Navaux passait autrefois ses vacances et où le peintre surréaliste et cinéphile Félix Labisse lui avait fait découvrir le récit de Charles De Coster, paru en 1867. C'était un recueil de quatre-vingt-seize chroniques cocasses et parfois obscènes à la gloire du légendaire Eulenspiegel, le héros, au seizième siècle, de la résistance flamande à l'envahisseur espagnol. Anne, qui connaissait l'œuvre de son compatriote belge, l'avait également encouragé à la lire, convaincue qu'il se reconnaîtrait dans la sagesse de ce saltimbanque facétieux, si doué pour épingler les travers de ses contemporains, railler la vanité des puissants et servir la cause des gueux.

Il avait tellement été séduit par ce personnage rieur et rebelle qu'il s'était mis en tête de l'incarner et avait adressé, en 1949, à Jean Renoir, alors citoyen de Los Angeles, un exemplaire du livre de Charles De Coster, espérant le convaincre de le porter à l'écran. Mais le cinéaste de *La Règle du jeu*, qui tournait en Inde son premier film en couleurs, *Le Fleuve*, avait décliné l'offre et lui avait proposé, en échange, le rôle de Meursault, dans une improbable adaptation de *L'Étranger*, d'Albert Camus. Un projet auquel il ne donna pas suite, trop occupé qu'il était à jouer *La*

Beauté du diable, de René Clair, et *La Ronde*, de Max Ophuls…

Et pourtant, depuis ce jour-là, Till ne l'avait jamais quitté. Il était devenu son ombre portée et son Jiminy Cricket. Qu'il jouât Fanfan la Tulipe ou figurât d'Artagnan, lût à la radio *Don Quichotte* ou *Le Hussard sur le toit*, compagnonnât avec les communistes ou prît la tête du syndicat des acteurs, l'Espiègle lui inspirait ses foucades, l'exhortait à l'insolence, lui soufflait ses colères, provoquait ses éclats de rire. L'Espiègle l'obligeait. À trente-trois ans, il avait fini, avec la complicité du documentariste Joris Evens pour la coréalisation et de René Barjavel pour le scénario, par décider de le mettre lui-même en scène. Pour l'amour de Till, il serait à la fois devant et derrière la caméra. Financé par la DEFA, la société de production de la République démocratique allemande, le film commença d'être tourné en Suède deux jours après la publication du rapport Khrouchtchev sur les crimes de Staline. La Flandre du seizième siècle occupée par les Espagnols y avait soudain un étrange goût de guerre froide. *Les Aventures de Till l'espiègle* sortit le 7 novembre 1956, le jour où les Parisiens manifestaient haut et fort contre l'entrée, trois jours plus tôt, des chars soviétiques dans Budapest, et prenaient d'assaut les locaux de *L'Humanité*, au carrefour de Châteaudun, en hurlant « Thorez au poteau ! ». Une intervention que, aveuglés, le PCF et le Mouvement de la paix avaient d'abord cru bon d'approuver… Il n'aurait pu imaginer pire scénario. Le rêve se transformait en cauchemar. Son film, réalisé par un sympathisant reconnu de l'URSS avec de l'argent en provenance de Berlin-Est, tombait au plus mal : il exaltait une parodie de révolte, avec grelots, grimaces, pieds-de-nez et jets de farine sur l'occupant, au moment même où, de l'autre côté du rideau de fer, l'Armée rouge massacrait, dans leur capitale, deux mille cinq cents Hongrois. Et encore, s'il n'y avait eu qu'un revers de l'Histoire…

Or, il le savait bien, sa première œuvre comme réalisateur n'était pas bonne. Il l'avait jouée et tournée trop vite et n'avait eu le temps ni d'en nuancer l'intrigue, trop linéaire, ni d'en soigner le montage, trop impatient qu'il était de reprendre *Le Prince de Hombourg* à Avignon. *Till l'espiègle* était boiteux, la critique le fit tomber. Dans *Le Monde*, Jean de Baroncelli regretta que, chez ce Fanfan rouge, le charme de l'adolescence eût passé : « La virilité est venue ! » Et son plus fidèle contempteur, François Truffaut, donna le coup de grâce dans *Arts* : « Ce n'est pas seulement le plus mauvais film français de l'année, c'est aussi le plus ennuyeux et le plus roué. Techniquement, il est aberrant ; la caméra, derrière laquelle il n'y a personne puisque Philipe, sans arrêt, grimace devant elle, s'évertue à recadrer dans chaque plan une cinquantaine de figurants muets qui se déploient dans une confusion qui porte la griffe TNP. »

Car, en plus, il avait emmené son maître Jean Vilar, mal costumé en duc d'Albe, dans cette aventure pleine de bonnes intentions, mais vouée à l'échec. Les dithyrambes trop appuyés de la presse communiste et les quelque deux millions trois cent mille spectateurs n'y avaient rien changé. Il avait beau prétendre qu'il ne lisait guère les critiques, parce que « les bonnes nous flattent sans rien nous apprendre et les mauvaises nous blessent sans nous enrichir », il comprit qu'il avait raté son coup. Aux yeux de tous, l'étoile avait pâli. Mais pourquoi diable s'était-il donc obstiné à vouloir singer à l'écran ce bouffon, ce fou du roi dont ni Rodrigue ni Hombourg, même pour en rire, n'auraient voulu à la cour ? Et pourquoi Anne l'avisée ne l'avait-elle pas dissuadé de courir ainsi à sa perte ?

Elle lève la tête, repose *Zazie* sur ses genoux, recouverts d'une fine pelure, pareille à des flocons de neige, tombée du livre non massicoté, dont elle a découpé les pages une à une, avec une courte lame en acier. On croirait que l'hiver est entré dans la chambre. Elle le regarde la regarder en coin. Ils se sourient en silence. Il aimerait lui dire, mais il n'ose pas, qu'il voudrait, une fois debout, afin d'oublier Till, prendre sa revanche et montrer qu'il vaut mieux, réaliser un deuxième film, un film d'aujourd'hui dans lequel il n'y aurait pas de cavalcades, pas de pitreries, pas de canonnades, pas de fiers-à-bras, pas d'antiquailles, pas d'apologue, mais où il s'abandonnerait et se mettrait à nu. Il se dit qu'il va profiter de son séjour à la clinique pour y rêver et y travailler. Somme toute, il a de la chance. Ce temps qui lui manque tellement, l'opération et la convalescence le lui donnent enfin.

CLINIQUE VIOLET

15 novembre 1959

Un interne, accompagné d'une infirmière lasse, est passé ce matin et a mimé l'euphorie. Au vu des examens, tous flatteurs, il a claironné, au pied du lit, qu'on allait diminuer les perfusions, réduire la prise d'analgésiques, programmer bientôt une alimentation normale et se préparer à envisager un retour, dans trois ou quatre jours, « à la maison ». Gérard a feint de le croire et d'en être heureux. Il n'a pas voulu le décevoir ni suggérer qu'il contestait sa jeune science. Il l'a même remercié, d'une voix faible, d'être porteur d'une aussi bonne nouvelle. Mais son corps est sceptique. Si l'opération s'était bien déroulée, si le mal avait été éradiqué et si le ciel était sans nuages, il aurait l'impression de se sortir peu à peu des sables mouvants, de retrouver lentement ses esprits et l'usage de ses bras, de ses jambes. Or, il se lève chaque matin plus épuisé et plus incommodé que la veille. Voici qu'il a pitié de lui. Il trouve qu'il ressemble à un vieux trois-mâts encalminé dans un port de fortune, dont le gréement est rongé par le sel et la coque, percée. Il a perdu l'espoir de voguer en haute mer, vent debout. Aujourd'hui, il se surprend à penser que tout le monde lui ment et qu'on lui cache qu'il est condamné. Cette idée le fait souffrir un bref instant et ajoute à son sentiment d'extrême solitude. Mais elle disparaît vite, chassée par le visage rassurant d'Anne, les paroles encourageantes des médecins, le calme presque voluptueux de la clinique, la lumière laiteuse et consolatrice qui entre par la fenêtre.

Reste, néanmoins, un soupçon de méfiance, comme une lointaine menace. Et si tout devait s'arrêter là ? L'heure n'était-elle pas déjà venue de tirer un bilan de sa vie ? Lorsqu'il tournait *La Chartreuse de Parme*, devant la caméra de Claude Autant-Lara, à Rome, dans la canicule immobile de l'été 1947, avec l'inflammable Maria Casarès, qui incarnait la Sanseverina, à laquelle, augmentant le roman d'un épisode inédit, il ne résista pas longtemps, il lisait, le soir, les écrits intimes de Stendhal. Il lui avait fallu habiter cette ville ocre et rose, qui lui évoquait un gros village provençal et où il n'avait jamais autant fréquenté les églises – sa préférée étant la basilique Saint-Paul-hors-les-Murs, car, écrivait-il à Georges Perros, elle « fait penser à Bach par sa logique rigoureuse et sa si grande tranquillité, si grande qu'elle devient d'amour » –, pour se plonger, avec délectation, dans les *Promenades dans Rome*, le *Journal*, la *Correspondance* et la *Vie de Henry Brulard*. Aujourd'hui, au fond de son lit blanc, il se rappelle le « Je vais avoir cinquante ans, il serait bien temps de me connaître », martelé par Beyle au pied de San Pietro, sur le mont Janicule inondé de soleil, et il se répète : « Je vais avoir trente-sept ans, il serait bien temps de me connaître. » Mais rien ne vient.

Sans doute lui manque-t-il d'être plus égotiste et davantage romancier. Il n'est vraiment pas doué pour les inventaires ni pour les additions, et encore moins pour les comptes d'exploitation. Il préfère le présent au passé, le bouillant au refroidi, l'éphémère à l'éternel. Il aime l'idée d'avoir brûlé les planches devant des spectateurs voués eux-mêmes à disparaître, et chaque soir avec des intonations, des modulations, des inspirations différentes ; qu'il ne restera aucune trace de ce qu'il a été sur scène, puisque Vilar s'opposait à toute captation, ce mensonge technologique, exigeant d'un spectacle qu'il fût exclusivement vivant, donc mortel. Il n'a pas non plus pris le temps de se regarder dans une glace, et quand il le faisait, son visage était tellement maquillé, comme plâtré, qu'il peinait à se reconnaître. Trop de fond de teint, d'anticernes, de fard, de blush, de mascara, de coups de crayon. Il a enchaîné si tôt les films, une trentaine, et les pièces, une vingtaine, si vite troqué un costume pour un autre, jusqu'à être, dans la même journée spiralée, Muichkine et Caligula, Rodrigue et Hombourg, qu'il a du mal à faire le tri entre les rôles qui ont compté et ceux qui étaient dispensables. Et puis le succès, cette tempête, ce cyclone, s'en est mêlé. Il ne l'a pas méprisé, non, mais il l'a trouvé très encombrant. Aux foules qui l'acclamaient en Russie, où, le 23 octobre 1955, sur la pelouse du Dynamo de Moscou, il donnait le coup d'envoi du France-URSS, et au Japon, où l'on divinisait « le samouraï du printemps », aux flashs qui le mitraillaient à Hollywood dans les bras de Marilyn Monroe ou de Jayne Mansfield, aux publics québécois, polonais et chinois qui l'attendaient, des bouquets de fleurs à la main, sur le tarmac d'un aéroport ou le quai d'une gare, il offrait le même sourire, puéril, étonné, sincère, mais obligé. Jamais il n'avait le droit d'être taciturne, absent, à l'écart, en creux. Toujours, il devait être Fanfan, sauter cravaté, taper dans un ballon de foot en chaussures vernies, incarner urbi et orbi une certaine idée du bonheur français, du charme français, de la légèreté française, de l'élégance française, de la rhétorique française, de la nouvelle jeunesse française. Du moins ne s'est-il pas soustrait, même s'il lui en coûtait, à cet étrange devoir patriotique dont le destin et l'après-guerre, sans lui demander son avis, l'avaient chargé.

S'il devait disparaître demain, dans cette clinique qui sent la fumigation et l'eau de Javel, c'est un autre bilan qu'il tirerait de sa vie. Le seul dont il soit un peu fier : avoir travaillé avec Vilar, préféré œuvrer au prestige populaire du TNP qu'entrer dans la très bourgeoise Comédie-Française, avoir joué pour les plus défavorisés, dansé la valse musette avec les spectatrices énamourées des week-ends artistiques de Suresnes, ces jamborees culturels, milité pour la paix, défendu la cause des acteurs, et incarné les lendemains qui chantent. Somme toute, il a été loyal avec lui-même. Ce n'est pas forcément ce qu'on retiendra de lui – la légende préfère les comédiens arrogants et les lovelaces dédaigneux –, mais c'est cette attitude-là qu'il laisserait volontiers, en guise de bilan, à celles et ceux qui lui survivront. Peut-être même que vieillir, c'est prendre le risque de se contenter de compromis et s'habituer au louvoiement. On décline toujours vers le bas. Ça, il n'en a pas envie. Il voudrait au contraire faire mentir le hussard Roger Nimier, qui réglait ses comptes avec l'acteur de gauche en le jugeant « assommant » et prophétisait : « Attendons encore trente ans. Comme Gérard Philipe fera un beau vieillard ! J'espère qu'il aura la Légion d'honneur. » Il ne s'imagine pas avec des cheveux blancs, des petits-enfants, des médailles, des souvenirs, ou, pis, des absences, une carrière, de l'arthrose, une canne, des rancœurs, des implants, et, qui sait, du bedon. Il faut dormir, maintenant. Car ses rêves n'ont pas d'âge.

CLINIQUE VIOLET

16 novembre 1959

La vie, qui met son poing dans la poche et un pied dans la porte, n'a pas dit son dernier mot. Elle est obstinée et réclame son dû : des prolongations, sous des frondaisons estivales. Voici que, à son réveil, toujours cotonneux et embué, il s'étonne d'avoir, hier, tant broyé de noir et présagé le pire. Comment a-t-il pu douter d'être sauvé et sur le chemin de la guérison ? Il faut qu'il arrête d'écouter son corps concassé et compressé par l'opération, il doit maintenant faire confiance à son esprit, qui ne demande qu'à se remettre au boulot.

La visite surprise, cet après-midi, d'Henri Pichette – même Anne ignore qui donc l'a mis au courant et ne comprend pas comment il a réussi à se glisser jusqu'à la clinique – le met en joie. Le poète frondeur des *Épiphanies* et de *Nucléa*, de deux ans son cadet, a une dette immense envers Gérard qui, en portant sur scène son verbe tonitruant et sa rhétorique fabuleuse, lui a donné une identité théâtrale et l'a sorti de la marginalité. Au jeune premier de vingt-cinq ans un peu engoncé dans des emplois conventionnels, qui venait de tourner *La Chartreuse de Parme* et de crever l'écran avec *Le Diable au corps*, Henri Pichette, l'ami d'Antonin Artaud, a donné, pour sa part, le goût de la farce, de la colère, d'une autre langue, enfiévrée, furibarde, saturée de néologismes et de borborygmes. Il l'a déshabitué des beaux alexandrins et de la rhétorique du Grand Siècle. Il l'a encouragé à oser faire la guerre à la guerre, l'a poussé à se révolter contre les injustices et la misère. Dans *Les Épiphanies*, mis en scène par Georges Vitaly, avec une grande toile de Matta en guise de décor et la musique de Maurice Roche en fond sonore, sur la petite scène des Noctambules que Gérard avait louée à ses frais après avoir été éjecté du théâtre Édouard-VII, il incarnait le Poète, en chandail bleu nuit et sans aucun maquillage, enivré par ses propres mots – « Depuis la première pulsation du monde, je tournais sur moi-même, je pensais comme une circonférence » –, sa chère Maria Casarès en robe noire était l'Amoureuse et Roger Blin figurait un Monsieur Diable serré dans un vieil imperméable. À l'exception de la libraire de la rue de l'Odéon Adrienne Monnier, toujours habillée de gris comme une mère abbesse, compagne de Sylvia Beach, éditrice de la traduction française de l'*Ulysse* de Joyce, amie d'Hemingway et de Jean Prévost, qui avait vu la pièce trois fois et « senti naître une force nouvelle, une poésie qui est celle de la jeunesse d'à présent », le texte avait indisposé, décontenancé, choqué, et cela avait ajouté au bonheur de Gérard, ce « comédien poète » ainsi que le surnommait Vitaly, tout étonné d'être le joli instrument d'un petit scandale parisien. « Se fût-il donné aux *Épiphanies*, s'extasiait le dramaturge, s'il n'eût été lyrique et risque-tout ? » Cinq ans plus tard, cette fois dans sa propre mise en scène et sous les auspices du TNP, il avait joué *Nucléa* et lancé un « Faites l'amour, pas la guerre », qui avait marqué les esprits traumatisés par la bombe d'Hiroshima et en même temps inauguré, au théâtre, la stéréophonie, tout en dirigeant Jeanne Moreau, Françoise Spira, Jean Vilar, Jean Négroni, Charles Denner sur la scène de Chaillot augmentée des mobiles de Calder. Il n'avait pas seulement donné son nom et sa notoriété aux deux pièces de ce jeune écrivain, qui faisait un peu partout des lectures publiques de Rimbaud et de Teilhard de Chardin, il avait eu aussi l'idée, en 1955, d'alléger ses soucis financiers en créant un groupe, Les Amis d'Henri Pichette, qui lui verserait une mensualité afin de « lui permettre d'écrire dans le calme ». Groupe dont firent notamment partie Jean Cocteau, Michel Leiris et Fernand Léger.

« Tu m'as écrit une nouvelle pièce ? lui demande Gérard, l'œil amusé. Qui va-t-on cette fois bousculer ? » Pichette hausse les épaules et dit qu'il est venu les mains vides. Il pense bien à une pièce, qui s'appellerait *Jésus et Madeleine*, où Gérard serait crucifié, mais elle est encore à l'état de chimère. Gérard crucifié, allons donc. Il veut seulement embrasser son ami, l'exhorter à recouvrer sa santé et, pourquoi pas, lui proposer de donner, après sa convalescence, une seconde vie aux *Épiphanies*. Sous sa chevelure longue, noire et batailleuse, Pichette est insatiable. Il parle avec de grands gestes et d'étranges métaphores. Il décrit sa nouvelle passion pour les oiseaux, en particulier pour le rouge-gorge. Il tente une suite de notes sifflées et roulées, qui résonnent sur les murs blancs de la chambre hivernale. Il voudrait que ses prochains poèmes soient des vocalises à leur gloire. Son exaltation est une manière de ne pas montrer combien il est troublé de voir son ami « aux oreilles rondes et décollées, qui avaient gardé la gentillesse de l'âge tendre », si exténué, si blême, si peu reconnaissable. Il plaisante pour cacher son tourment. Cette visite impromptue, il en est certain, a tout l'air d'un adieu.

Le soir, chez lui, place de la République, l'auteur d'*Apoèmes*, accablé par la peine et une mauvaise intuition, prend des notes dans un grand cahier bleu. La première phrase qu'il écrit est à l'imparfait. « Gérard Philipe semblait né pour la plus heureuse récréation qui fût à prendre sur la terre. Sa gaieté venait si naturelle, si facile, qu'on n'aurait pas pensé un instant qu'il jouât la comédie du monde. L'homme, chez lui tout près de la joie intacte de l'enfant, aimait à rire, à s'amuser, à imiter, à grimacer comme dans un carnaval : et par les “masques” irrésistibles le clair de son regard, ô la plus belle candeur de lumière, imaginable ! Charmant, il eût converti la mélancolie. » Et, plus tard : « Il était simple jusque dans la splendeur. » Il va écrire d'autres pages, rassembler d'autres souvenirs, se rappeler « le clair de son regard, le cœur précis, la pensée svelte », édifier ce qui pourrait constituer un Tombeau. Il sent l'orage qui tonne au-dessus de Montmartre et vient trop vite.

CLINIQUE VIOLET

17 novembre 1959

Malgré les somnifères puissants qu'on lui administre, il dort peu et mal. Sa nuit a été brève et agitée. Ici, l'obscurité ravive les angoisses et les douleurs. Des chambres voisines lui parviennent parfois des râles sporadiques, des cris, des pleurs, des plaintes et même quelques prières en latin de messe basse.

L'aube ne s'était pas encore levée lorsqu'il s'est réveillé en sursaut et en nage. Il venait de faire, dans un état second, une ponction lombaire à Michèle Morgan, le front perlé de gouttelettes de sueur, la peau nue frémissant sous les pales lancinantes du ventilateur. Dans son cauchemar caniculaire, il était le docteur Georges des *Orgueilleux*, échoué près de Veracruz, à Alvarado, un village de la côte mexicaine mis en quarantaine en raison d'une épidémie de méningite cérébro-spinale. Depuis que sa femme était morte en couches alors que, ivre mort, il pratiquait l'accouchement, Georges noyait sa solitude, son humiliation et sa détresse dans la tequila et le mezcal. Le médecin, habillé de loques et coiffé d'un chapeau de paille effrangé, était devenu la risée des habitants, qui le faisaient danser jusqu'au délire, jusqu'à la transe, en échange d'une bouteille d'alcool, sur un air exaspérant de huapango.

Ce film d'Yves Allégret, tiré de *Typhus*, un scénario original de Jean-Paul Sartre amendé par Jean Aurenche, qu'il avait tourné il y a six ans et qui lui avait valu le prix du meilleur acteur à la biennale de Venise, continuait donc de hanter ses nuits d'hôpital. Dans la touffeur, certains rôles collent à la peau. C'est comme s'il titubait sur un lit où grimpaient de grosses blattes, dans une moiteur d'île volcanique tandis que sonnent les cloches lugubres des fêtes pascales d'avant la crucifixion. Il avait la bouche pâteuse, la nausée des alcooliques et, entre les murs froids de la clinique Violet, les gestes malades d'un médecin déchu, radié et impuissant. Se rendormir après cette hallucination, c'était peine perdue.

CLINIQUE VIOLET

18 novembre 1959

Ce matin, conduit par le professeur d'Allaines, une délégation de blouses blanches vient annoncer à Gérard et à Anne, impassible, qu'il pourra, demain, rentrer chez lui.

— Les résultats sont satisfaisants, il vous faut maintenant prendre du repos et les médicaments qui vous remettront sur pied. Je ne vous promets pas que vous gambaderez comme Till ni que vous serez débarrassé de souffrances passagères, mais vous trouverez, sur mon ordonnance, de quoi vous fortifier et vous soulager.

Et puis, ajoute-t-il en se tournant vers Anne, qu'il regarde droit dans les yeux, sans montrer son propre trouble, « vous avez mon numéro de téléphone personnel. Si vous avez la moindre inquiétude, une douleur suspecte, ou simplement besoin d'être rassuré, vous pouvez m'appeler, même la nuit, je serai toujours disponible pour vous ».

Gérard le remercie pour tout ce qu'il a fait.

— Vous venez de m'offrir une seconde vie.

Son médecin ne sait pas trop quoi répondre et se retire comme, dans les tragédies de Corneille, après avoir déclamé leur monologue, les princes de haut rang quittent la scène et vont cacher leurs secrets, leurs doutes et leur trac en coulisse.

Dans l'après-midi, Minou, les bras chargés de viennoiseries, vient rappeler à son Gégé, qui s'en amuse, mais à qui elle voudrait proposer un réconfort spirituel, les vertus de la religion catholique dans laquelle il a été élevé, à Cannes, par les bons pères marianistes de l'institut Stanislas, avec, tu t'en souviens ?, la messe matutinale, le catéchisme quotidien, les prières du soir, la communion du dimanche et la chorale, où les deux frères aux visages d'angelots chantaient haut et pur. Jean, qui accompagne Minou, opine du chef. En ce temps-là, il voulait d'ailleurs devenir missionnaire et répandre la parole de Dieu dans les pays défavorisés. Gérard, qui rêvait plutôt d'être médecin colonial ou avocat des causes perdues, avait l'âme moins pieuse et trouvait un peu écœurante l'odeur musquée de l'encens, que les prêtres brûlaient au pied de l'autel et de sa croix. Jean a gardé la foi, Gérard a préféré pèleriner du côté de Moscou et de Pékin.

Chaque fois qu'ils évoquent leur enfance sous le regard de leur mère attendrie, les deux frères ont une complicité de jumeaux que rien, même la gloire de l'un, la discrétion feutrée de l'autre, ne peut séparer. Jean dit qu'un de ses plus beaux souvenirs remonte à l'hiver 1950. Divorcé, dépité, exilé, il vivait alors au Maroc, où il dirigeait une entreprise de travaux publics, et Gérard était venu le rejoindre en novembre, juste après le tournage de *Juliette ou la Clef des songes*, de Marcel Carné, et avant les répétitions du *Cid* et de *Hombourg*. Il voulait profiter de cette courte accalmie pour dire simplement à Jean qu'il l'aimait. Il avait mis sa vieille Ford sur le bateau qui faisait la liaison entre Marseille et Casablanca et demandé à sa fiancée, qui s'appelait encore Nicole Fourcade, de l'accompagner. Le couple avait épuisé la voiture sur les pistes caillouteuses du sud marocain, où Gérard avait trouvé le paysage « magnifique de dignité et d'*impénétration* », et puis Nicole, qui avait mitraillé avec son appareil photo les palmeraies et le désert, dont elle trouvait le sable plus fin et plus lumineux qu'en Asie, était repartie seule pour Paris, laissant les deux frères fêter, épaule contre épaule, leurs retrouvailles, à Casablanca. « On ne s'est jamais autant parlé à cœur ouvert que durant ces quelques jours », dit Jean, assis au pied du lit médicalisé, avec une émotion palpable. Gérard, qui remontait ensuite par la route, via Barcelone, dans la vieille Ford dont son aîné avait fait changer le moteur dans un garage du quartier des Roches noires, avait été chargé par ce dernier d'être son messager auprès de leur père, de leur « Papy ». « Tes deux fils t'embrassent », avait chuchoté Gérard à l'oreille de Marcel Philip, avant de déposer sur le bureau de la calle Urgel un régime de dattes, plusieurs sachets d'épices, une paire de babouches noires, un sachet de sable blanc et une main de Fatma en bois peint, « pour qu'elle te protège contre le mauvais œil ».

CLINIQUE VIOLET

jeudi 19 novembre 1959

C'est le grand jour ; même la température, huit degrés, sous un ciel de lait écrémé, est clémente. Gérard va quitter la clinique en fin de matinée. Malgré la fatigue, persistante, une douleur confuse dans le bas du ventre et l'étrange sentiment que son propre corps, transparent et fragile comme du verre, lui est devenu étranger, qu'il suffirait d'un rien pour qu'il se détache, s'égare et se disloque, il se dit qu'une nouvelle existence commence. Anne lui a apporté les journaux du matin, manière de lui signifier son retour dans la vie réelle et de lui enjoindre de prendre le monde en marche. Gérard se jette dessus. Il a faim d'actualité. Il dit qu'il a encore envie d'agir. Il n'est décidément pas fait pour vivre couché et avoir les yeux fermés. Le comédien engagé se réveille de sa longue torpeur. Il a hâte de rempiler. Il opine de la tête en découvrant que l'ONU exige officiellement de la France qu'elle mette fin à ses essais nucléaires dans le Sahara. Il apprend la mort, à soixante-sept ans, d'une crise cardiaque, de l'emblématique Mgr Joseph Charbonneau ; pour avoir soutenu, en 1949, la grève des mineurs d'Asbestos, l'archevêque de gauche et de Montréal avait été contraint à la démission par le gouvernement conservateur de Maurice Duplessis et exilé par le Vatican en Colombie-Britannique. Il ne le connaissait pas, mais il l'aimait bien, ce prélat québécois honni par la bourgeoisie, qui était du côté des travailleurs, des précaires, des invisibles, des oubliés, de tous ceux auxquels, à Suresnes, avec la troupe du TNP, il a choisi de faire découvrir la beauté du théâtre, la jeunesse de la tragédie, la fête du partage, l'émotion collective, la grandeur de *Mère Courage* et l'ultime sacrifice de Ruy Blas.

Plus loin, un article annonce, avec l'émission d'un timbre antituberculeux, le lancement officiel, par l'écrivain, médecin et académicien Georges Duhamel, de la campagne contre la tuberculose, dont ce dernier préside le comité. Elle tue dix mille Français chaque année, elle l'a même effleuré il y a quelques années, mais il en a réchappé. « J'ai de la chance, et peut-être un ange gardien. » Dans les pages culturelles, des photos immortalisent aussi la remise, par le ministre de la Culture André Malraux, du grand prix national des Lettres à Saint-John Perse, le poète d'*Amers*, et la proclamation chez Drouant, par Roland Dorgelès, du prix Goncourt, décerné au *Dernier des justes*, d'André Schwarz-Bart. C'est, précise l'article, l'histoire de la longue dynastie d'une famille juive, persécutée depuis le Moyen Âge, exterminée à Auschwitz, et la première phrase du roman est : « Nos yeux reçoivent la lumière d'étoiles mortes. » Elle intrigue Gérard, qui demande à Anne de le lui acheter. Elle dit : « Oui, bien sûr », trop heureuse de l'entendre exprimer un désir, de le voir entrouvrir, depuis son lit, le voile de l'avenir. « Et puis, répète-t-il une fois encore, pour ma convalescence, j'ai envie qu'on aille à la montagne. Marcher dans la neige. Reprendre des couleurs tout là-haut. Dormir dans un chalet chauffé au feu de bois, comme celui où on a tourné *Les Liaisons dangereuses*. Pas de ski, mais peut-être un peu de luge... Finalement, Ramatuelle, ce sera après. Tu en dis quoi ? » « J'en dis que oui, à moi aussi, tu sais, l'altitude fera du bien. »

Pendant qu'il va, à pas comptés, se laver et se raser dans le petit cabinet de toilette, où le miroir lui renvoie un visage spectral qui l'effraie, mais que le soleil alpin va hâler, Anne prépare la valise du retour. Elle y entasse méthodiquement les chandails, les chemises, les pantalons, qui n'ont pas servi, et dont, soudain saisie par une terrible mélancolie, elle se demande s'ils serviront encore. Elle y place aussi les livres, qu'il n'a même pas eu la curiosité de feuilleter, le réveil portatif, qui compte désormais les heures sans miséricorde, tic-tac, tic-tac, les photos encadrées d'Anne-Marie et d'Olivier, jouant sur un tapis de feuilles mortes, à Cergy, et un flacon inentamé de Vétiver de Guerlain. Elle se relève, épie le profil maigre de son amour, les côtes et les épaules saillantes, penché sur le lavabo pour de lentes ablutions purificatrices. On dirait qu'il veut, en se lavant, effacer les traces d'une maladie dont il ne sait rien, mais qui l'obsède, comme Lady Macbeth n'en finit pas d'essayer d'effacer, sur ses mains, des taches de sang imaginaires.

Maintenant qu'il est propre, il lui faut s'habiller. L'exercice est pénible. Ses membres sont ankylosés et ses muscles, presque tétanisés. Chaque mouvement demande un effort considérable, chaque geste menace l'équilibre du fragile édifice. Anne lui propose son aide, qu'il refuse. Il remet, avec une patience d'accidenté, les vêtements qu'il portait en entrant à la clinique, le pantalon en flanelle grise, la chemise blanche, la veste de tweed, et, d'un geste de ragazzo romain descendant du scooter, passe la main dans ses cheveux. Il est prêt. De la rue Violet montent des grondements de moteurs qui chauffent, des promesses de longues routes, des coups de sifflet d'hirondelle. Tous les deux, ils vont enfin abandonner ce refuge blanc, cette contrée lunaire, cette île lointaine, d'où elle pensait, il y a quelques jours, revenir seule. Et brisée.

Les infirmières ont toqué timidement à la porte n° 7, elles sont venues, ensemble, dire au revoir au « régisseur Albert Philipe », elles l'appellent ainsi en souriant, en rougissant, sans doute pour cacher leur émotion. Certaines ont apporté une photo ou le numéro de février de *Cinémonde*, dont il fait la Une en costume de Perdican avec, à côté de son visage maquillé, un « bon pour une journée avec Gérard Philipe » (« Il est de ces comédiens qui ont horreur de s'afficher et conservent le secret de leur vie privée, précise la revue dans ses pages intérieures. C'est dire quel privilège sera accordé aux deux gagnantes du concours "Une journée avec", qui pourront non seulement admirer de près l'acteur, mais aussi regarder vivre l'homme, dans l'intimité peu connue de son existence quotidienne »). Elles le croient guéri et ont hâte de voir son prochain film. Il leur promet de les inviter au théâtre, où il a plein de projets, et les embrasse l'une après l'autre en les remerciant de leur gentillesse. « Grâce à vous toutes, ça va aller maintenant. »

Devant le perron de la clinique, Pierre Vellay a garé sa DS grise. Il attend, tel un chauffeur de grande remise, une main gantée sur le volant monobranche, et s'extrait de la voiture lorsqu'il voit Gérard sortir au bras d'Anne, sous un éblouissant soleil d'hiver. Il ouvre la portière à son ami, qui s'assied à sa droite. Sur la banquette arrière, Anne observe, en diagonale, le visage de son mari, aussi émerveillé de traverser Paris que s'il découvrait la ville pour la première fois. Avec un chuintement rassurant de suspension hydropneumatique, la DS, que, deux ans plus tôt, dans *Les Lettres nouvelles*, Roland Barthes a comparé au *Nautilus* de Jules Verne, descend voluptueusement vers la

Seine par le boulevard de Grenelle, oblique sur la droite à la hauteur du pont Bir-Hakeim, passe devant la tour Eiffel, glisse dans une lumière dorée sur la rive gauche, le long des quais Branly, d'Orsay, Anatole-France, Voltaire, Malaquais, des Grands-Augustins, tourne devant la fontaine où, sous un arc de triomphe, l'archange Michel terrasse le diable, remonte le boulevard Saint-Michel jusqu'à l'étroite rue Racine, laisse sur sa gauche le théâtre de l'Odéon, qui affiche *Tête d'or*, de Claudel, monté par Jean-Louis Barrault et Pierre Boulez, avec Alain Cuny et Laurent Terzieff, frôle les jardins dénudés du Luxembourg et, ignorant l'entrée du Sénat, dévale la rue de Tournon jusqu'au numéro 17, où vécut, à la fin du dix-huitième siècle, le graveur piémontais Giovanni David, qui dessina les décors de la Fenice. Une manière de protecteur lyrique.

Pierre a conduit lentement, il a pris son temps, comme s'il voulait le ralentir, l'arrêter. Gérard a souri d'aise en voyant les vieux immeubles ravalés sur ordre de Malraux se refléter sur l'eau du fleuve piquetée de mouettes rouennaises, et, le bras au-dessus du dossier, tient la main de sa femme pour s'assurer qu'il ne rêve pas, que la vie est belle et que les jours sont longs. Anne, troublée de sentir l'alliance de Gérard flotter sur son annulaire gauche, le regarde savourer son plaisir, goûter la douceur patinée des choses qui demeurent, s'étonner de voir les Parisiens si pressés, si peu sensibles à la splendeur de leur ville, mais elle sait bien que le temps est suspendu et qu'il n'y aura pas d'autre promenade au-dessus de la Seine majestueuse, un jour tiède de novembre.

C'est seul qu'il décide de monter l'escalier, de gravir, une à une, les larges marches jusqu'au deuxième étage. Surtout pas d'aide ni de soutien. Tenter de faire comme si. L'ascension est lente, très lente. Derrière lui, Anne et Pierre, bras ouverts, muscles tendus, guettent le moindre faux pas, préviennent la chute. À chaque marche, il est épuisé par son propre courage. Sur son front froid perlent des gouttes de sueur. Agrippé à la rampe, le souffle court, il essaie de commander à son grand corps désordonné et indocile. Ces deux étages, dont autrefois il sautait les marches en courant, comme un jeune cabri poursuivi, lui semblent aujourd'hui un chemin de croix. Arrivé enfin sur le palier, il sort ses clefs de la poche de son manteau, ouvre la porte, s'écroule sur une chaise dans l'entrée, face à la cuisine, dont la haute fenêtre encadre le vernis du Japon, l'unique arbre planté dans la cour pavée. Il est sonné, mais à la maison. Il n'a pas la force d'attendre le retour des enfants de l'école, et va se coucher. Anne s'allonge à ses côtés. Déjà, le jour décline.

RUE DE TOURNON

vendredi 20 novembre 1959

À peine réveillés, Anne-Marie et Olivier ont couru jusqu'à la chambre surélevée de leurs parents et sauté sur le grand lit, en criant « Papa ! ». Anne les laisse faire, elle ne veut surtout pas lui donner l'impression qu'il est trop fragile pour être chahuté. Ils se blottissent chacun sous une épaule. Gérard referme ses bras sur eux, les serre contre ses flancs chauds, les couve comme une chatte, ses chatons. Pour un peu, il les lécherait. « Mes petits amours… » Ils lui ont tant manqué pendant ces dix jours. Ne plus les toucher, les embrasser, les border, leur raconter des histoires, c'était couler à pic dans un puits sans fonds. Maintenant qu'il les a retrouvés, il a le sentiment de revivre. Il leur explique qu'ils ne vont plus se quitter. Il était malade, on l'a soigné, tout va redevenir comme avant. Il leur promet des vacances à la neige, à la plage, à la campagne, des jeux et des fous rires, des cerfs-volants et des pique-niques, des marelles et des châteaux de sable, des siestes dans le hamac et des manèges enchantés. Il demande à sa petite princesse ce qu'elle voudrait, dans un mois, pour son anniversaire. Cinq ans, ça se fête. Elle lui répond avec sérieux, les yeux dans les yeux, que son plus beau cadeau, c'est lui, de retour à la maison. Elle parle clair et net, comme une petite adulte, une petite menine de Vélasquez, charmeuse en plus, et câline, et ravissante sous ses cheveux blond doré, avec un adorable museau de fennec du désert qui s'aventure au ralenti près d'un campement. Ce matin, elle est à la fois excitée et suspicieuse. Elle sent bien que son père est différent, mais elle ne sait pas pourquoi. Elle ne l'a jamais vu couché à cette heure-là. D'habitude, lorsqu'elle se réveille, il est déjà parti « faire l'acteur ». Il n'a pas cette mine bronchiteuse, cet air chafouin et nauséeux. Pour elle, son père, c'est le beau jeune homme dessiné sur les affiches des cinémas, que toutes ses copines appellent « une vedette », dont les mamans sont éprises et les papas, jaloux. Anne-Marie enroule son bras de liane autour de lui ; elle le voudrait pour elle seule, et savoir lui redonner des forces. De son côté, l'empereur des steppes, quatre ans dans trois mois, s'impatiente, il demande quand on décorera le sapin de Noël et s'il faut envoyer, dès maintenant, sa lettre au père Noël. Mais Anne interrompt les conciliabules. Il est bientôt l'heure de partir pour l'école. On descend du lit en soupirant, en bougonnant, on va faire sa toilette, on boit un bol de chocolat chaud, on met les cartables et, au pied des petites marches bleues, on adresse avec la main un baiser sonore à Papa, qui répond en envoyant de là-haut et de sa paume ouverte, comme s'il soufflait sur des aigrettes de pissenlit, un effluve de tendresse sur les deux écoliers rassurés. « À tout de suite, mon chéri », ajoute Anne, qui les emmène au Père Castor. Une journée normale, banale, vient de commencer.

Dans l'appartement soudain silencieux, avant que ne sonne le téléphone, que la concierge ne monte le courrier et que la nuit abdique devant le jour, pendant cet intermède où tout semble flotter, le corps, l'esprit, et même les objets familiers, où le temps marque une pause, s'étire et bâille, Gérard se prend à penser qu'il est heureux. Son bonheur, ce matin, est un peu celui d'un rescapé. Il a vaincu la maladie, il a rejoint cahin-caha son chez-lui, il a sa petite famille à ses côtés, il est devenu un homme neuf. Désormais, il ne doit pas indisposer son avenir ni décevoir ses ambitions. Il veut même s'étonner. Prendre encore des risques. Le 4 décembre, il aura trente-sept ans. Il doit s'éloigner, sans le récuser, de son passé. Il se souvient avec indulgence de ses débuts au théâtre, trop jolis, trop bien peignés, trop français, *Une grande fille toute simple*, d'André Roussin, *Sodome et Gomorrhe*, de Jean Giraudoux, *Au petit bonheur*, de Marc-Gilbert Sauvajon, *Le Figurant de la Gaîté*, d'Alfred Savoir, et ce périssable *Fédérigo*, de René Laporte, d'après Prosper Mérimée. Ensuite, il y eut cette folie, *Les Épiphanies*, d'Henri Pichette, un poème cosmique et vertigineux, une messe noire qu'il a jouée dans la fièvre avec Maria Casarès, ô Maria, pleine de rage, devant un public abasourdi. Et puis, ce furent les grandes orgues du TNP, *Le Prince de Hombourg*, *Le Cid*, *Lorenzaccio*, *La Tragédie du roi Richard II*, *Ruy Blas*, la rencontre du Saint Empire romain germanique, de la France du Roi-Soleil et de l'Angleterre des Tudor, mais aussi du Palatin et de l'Escurial, la noblesse du cœur, l'héroïsme en majesté, le vieux royaume de l'alexandrin, de la flamberge, de la collerette et du sacrifice. Dans sa jeunesse azuréenne, il aspirait à des emplois de séducteur, de cavaleur, de crâneur, mais le fils d'hôteliers n'aurait jamais imaginé porter tant de couronnes, de si larges pourpoints et de si lourdes tâches. Même sa pythonisse de mère n'avait pas présagé qu'il serait à la fois empereur de Rome, landgrave de Hesse-Hombourg, huitième roi d'Angleterre de la dynastie des Plantagenêt, El Cid, le patricien florentin Lorenzo de Médicis, et l'instrument du machiavélique Don Salluste de Bazan, grand d'Espagne. Des rôles consacrés qui lui valurent de mourir chaque soir en scène, d'être transpercé de coups de couteau ou d'avaler, jusqu'à plus soif, des fioles et des fioles de poison. Et il est fatigué de mourir. Il rêve maintenant de porter de simples tuniques, des chitons clairs et de marcher avec des spartiates sur des dalles chaudes.

Le jour se lève, aussi lentement qu'un rideau de

scène, sur la rue de Tournon. Il va chercher, dans le sac qu'il avait emporté à la clinique, un volume jauni de tragédies grecques et se recouche en compagnie d'Euripide. C'est de ce côté-là, il en est sûr, que se lèvera le soleil. Il ouvre *Les Troyennes*. La guerre est finie. Troie, vaincue, a perdu tous ses hommes ; ne restent que les femmes, réunies autour de leur reine, que se partagent les Grecs triomphants. Agamemnon prendra Cassandre, prêtresse d'Apollon, Andromaque ira à Néoptolème, Hécube, la veuve de Priam, devra se donner à son pire ennemi, Ulysse, tandis que Polyxène sera immolée pour être offerte en sacrifice aux mânes d'Achille. Bientôt, Ilion brûlera et les vaisseaux des conquérants regagneront la Grèce vent debout. La tête sur l'oreiller, Gérard lit, souligne, annote cette pièce sur la destinée où la parole importe plus que l'intrigue et l'oraison, que l'action. Le survivant admire la dignité de ces survivantes. Il est bouleversé par les thrènes des captives, le chœur de la souffrance. Hors de question pour lui de la jouer – à moins qu'il n'endosse, en ouverture du drame, la tunique de Poséidon –, mais pourquoi ne pas la mettre en scène l'été prochain, dans les ruines d'un amphithéâtre, un concert de cigales éclatant sous le ciel étoilé ? Il entend déjà résonner contre les vieilles pierres des phrases qu'il a recopiées et qui lui parlent infiniment : « Aux morts importe peu, je pense, la richesse des dons qui les suivent sous terre. Il n'y a là rien qu'une vaine gloire pour l'orgueil des vivants. » Ou : « Éviter la guerre, tel est donc le devoir de tout homme sage, mais si l'on doit en arriver là, ce n'est pas une couronne sans gloire qu'une belle mort pour la cité ; une mort sans beauté déshonore. » Et encore, et surtout : « Parmi les heureux de la terre, ne considérez personne comme favorisé du sort avant qu'il ne soit mort. »

Après avoir déposé les enfants à l'école, Anne a fait des courses au marché de Buci et elle revient les bras chargés de victuailles illusoires, de fruits rares qu'il goûtera à peine. Elle sent le frais de la ville, le pain chaud, le sucré des étals, le parfum caramélisé de l'existence. Gérard pose la tragédie d'Euripide sur ses genoux et lui dit, d'une voix douce, que, s'il mourait, ce qu'à Dieu ne plaise, elle ferait une Troyenne exemplaire. Il lui trouve même, aujourd'hui, un profil et un port de tête grecs. Plus le courage. Elle hausse gentiment les épaules et va mettre, sur le tourne-disque, l'andante du concerto n° 21 de Mozart, qu'ils aiment tant, leur hymne secret dont les violons semblent faire soupirer, au plus fort de l'été, les branches du platane de La Rouillière.

RUE DE TOURNON

samedi 21 novembre 1959

Poursuivant, sur le lit-paquebot, son exploration aventureuse du théâtre d'Euripide, Gérard a passé toute la matinée avec l'épouvantable Médée, qui, après avoir été répudiée par Jason, qu'elle avait aidé à conquérir la Toison d'or, envoie à sa rivale Créuse une tunique empoisonnée, provoque la mort du roi Créon, égorge ses propres enfants et, indifférente à la douleur de son époux, quitte Corinthe pour Athènes et un nouveau mariage. C'est un choc. Il connaissait la figure mythologique, pas la tragédie, dont la rage et la cruauté atteignent des sommets. Mais, comment se le dire, il est aussi ému par la manière, sanglante, implacable et absurde, avec laquelle, quatre siècles avant Jésus-Christ, Euripide décrit la terrible condition des femmes, réduites en esclavage par leurs maris, contraintes en même temps de séduire les hommes et d'élever seules leur progéniture, interdites de parole et de liberté, obligées de se sacrifier. S'il devait monter cette pièce, mais il ne le fera pas, quelque chose d'indéfinissable l'en dissuade – *Les Épiphanies*, oui, c'était évident, *Médée*, non, trop de tabous –, il essaierait toutefois de montrer la légitime révolte de cette femme, que la folie a conduite ensuite au crime des crimes, l'infanticide. Au fil de sa lecture, il ne peut s'empêcher de souligner au crayon noir quelques répliques : « De tout ce qui respire et qui a conscience, il n'est rien qui soit plus à plaindre que nous, les femmes. D'abord, nous devons faire enchère et nous acheter un mari, qui sera maître de notre corps, malheur plus onéreux que le prix qui le paie », ou : « Qui voit dans sa maison fleurir ses chers petits s'use en soucis toute sa vie. Car il faut d'abord les élever dignement et puis leur laisser de quoi vivre. S'ils sont mauvais ou s'ils sont bons, l'avenir le dira, en attendant il faut peiner. » Et puis celle-ci : « C'est donc en vain, ô mes enfants, que je vous ai élevés, en vain aussi que j'ai peiné, que j'ai été déchirée par les souffrances, que j'ai supporté les terribles douleurs de l'enfantement… Je préférerais lutter trois fois sous un bouclier que d'accoucher une seule. » Dans la marge, Gérard écrit « Pierre ». Quand son ami obstétricien viendra lui rendre visite dans la soirée, il lui lira cette désespérante déclamation de Médée en lui disant : « Cela pourra te servir pour ta documentation. »

Aujourd'hui, la fatigue ne le quitte pas, l'appétit ne revient pas et il peine à rester debout, tant il est sujet aux vertiges. Son lit demeure son meilleur refuge et sa chambre, avec vue sur la cour silencieuse, le plus calme des belvédères, d'où il peut contempler, entre deux siestes, le paysage harmonieux de sa vie. Lire, prendre des notes, travailler, se projeter dans l'avenir, envisager des emplois et des mises en scène l'aident à croire en son prochain rétablissement et lui offrent un temps de réflexion qui lui a trop souvent manqué. Il était un jeune homme pressé, insatiable, vibrionnant, autour duquel, dans le monde entier, tournaient des groupies en extase. Il ne détestait ni la gloire ni les rôles prestigieux qui la confèrent. Et voici que la maladie, en même temps qu'elle le ralentit et le grandit, l'appelle à la pondération et à une sagesse dont il voudrait ce matin qu'elle fût grecque. Pour un peu, il remercierait les amibes d'avoir été les alliés microscopiques de sa métamorphose. Par sa bonne humeur, qu'elle excelle à composer, comme elle excelle à dissimuler son effroi, son immense tristesse et sa mauvaise conscience, Anne l'entretient chaque jour dans cette illusion.

À l'exception des Vellay et des Clair, aucun des visiteurs, triés sur le volet, ne sait donc qu'il s'assied au chevet d'un condamné. C'est ainsi que l'ami de toujours, Jean Vilar, monte les marches du 17 rue de Tournon quatre à quatre et sonne à sa porte en début d'après-midi. Par la place Saint-Sulpice, il est venu en cravate et en voisin, du théâtre Récamier, nouvelle annexe du TNP, lequel bénéficie ainsi d'une seconde salle, plus petite et plus audacieuse, puisqu'elle est consacrée exclusivement aux auteurs contemporains. Le héros national du service public l'a inaugurée en octobre avec *Le Crapaud-Buffle*, d'Armand Gatti, dont il signe la mise en scène, ou plutôt la régie – il n'aime ni les grands mots ni se hausser du col. Le patron embrasse son acteur fétiche comme un fils, auquel il trouve « une bien mauvaise mine », mais qu'il a hâte de revoir dans la plénitude de ses dons et de ses exploits. Ils ont encore tant de rêves à réaliser ensemble, à Chaillot et à Avignon. Après *Les Caprices de Marianne*, où Gérard fut un Octave cristallin, Vilar réitère, avec un enthousiasme de camelot, la proposition qu'il lui avait faite il y a trois ans : « Un de ces jours, il te faudra *prendre* Don Juan ». Ce qui lui avait valu une réponse lapidaire de l'intéressé : « Non merci, je ne suis pas encore assez âgé. » D'un geste de la main, Gérard, le sourire las, balaie l'hypothèse, toujours trop prématurée. Vilar insiste. Avec la maladie, l'opération, et cet épuisement qui se lit sur son visage cireux, son comédien a gagné en maturité, il a pris dix ans en un hiver, il peut se préparer désormais à incarner le séducteur sans peur et sans reproche qui nargue le Ciel et cède au Commandeur. « Attends que je sois rétabli, mon cher Jean, et on en reparlera. » C'est la réponse qu'attendait Vilar, qui s'empresse alors de lui raconter ses déboires au Récamier. *Le Crapaud-Buffle* est un échec public, la critique a assassiné la pièce de Gatti,

jugée d'un ennui mortel, et il met maintenant tous ses espoirs dans *Les Bâtisseurs d'empire*, de Boris Vian, dont il a confié la mise en scène à un des acteurs du *Crapaud*, Jean Négroni. La première est prévue le 22 décembre. « Je compte sur toi ! » lui lance Vilar, avant de rejoindre, au pas de charge, la petite rue Récamier. Gérard promet d'en être, d'y être. Non seulement pour soutenir le TNP hors les murs, mais aussi pour encourager Boris Vian, qui joua son ami Prévan dans *Les Liaisons dangereuses* et avec qui, dans les loges, entre deux prises de vues, il eut « des fous rires mémorables ».

Vilar parti, Perdican s'endort. Anne appelle alors Pierre Vellay pour le prier de ne pas passer ce soir, mais plutôt demain, dimanche. « La visite de Jean l'a comblé et anéanti. Je veux qu'il se repose. »

RUE DE TOURNON

dimanche 22 novembre 1959

Le jour s'est levé à 8 h 13, Paris somnole encore, sous un ciel aux nuages effilochés. De la rue de Tournon ne monte aucun bruit de circulation, on croirait le silence d'une campagne figée par la nuit. L'hiver persiste dans une douceur inhabituelle. Pendant qu'Anne va acheter du pain, des légumes et des fruits sous les arcades en pierre du marché Saint-Germain, les enfants jouent chacun dans sa chambre. Leur père les entend se parler à eux-mêmes, se raconter des histoires, c'est une musique tendre qui le fait sourire avec mélancolie et l'incline à prolonger sa grasse matinée.

À son retour, Anne voit quelques rayons du soleil éclairer à l'oblique le lit et le visage de son mari, que les calmants aux noms de villages crétois rendent serein. Sans enlever son manteau, avec le réflexe de l'ethnologue en mission sur un continent inconnu, elle saisit alors son appareil pour le photographier. La tête sur un gros oreiller, rendu si blanc par la lumière que s'y dessine, en ombre chinoise, son délicat profil droit, les yeux clairs, à peine nacrés par la maladie, la peau lisse, presque hâlée, les lèvres fines et ourlées, la fossette au menton et les genoux relevés haut, il sourit à l'objectif, dont elle tourne délicatement la bague. Ce pourrait être le portrait d'un homme reposé et confiant, que son aimée saisit à son réveil, sur une île paradisiaque, inviolée, introuvable, pendant des vacances sans fin, et dont le regard bienveillant demanderait : on fait quoi aujourd'hui, on se baigne dans quelle crique, sous quelle cascade en forêt, on pêche en mer ou depuis la plage ? Instant fugace, où il est d'une beauté fantomale, spéculative, irréelle, théâtrale. Peut-être se demande-t-il, sans en rien laisser paraître, pourquoi donc elle tient tant à faire une image de sa convalescence au lit, et en pyjama. Comment d'ailleurs pourrait-il imaginer que, derrière l'objectif, Anne, appliquée secrètement à compter les jours et les heures, à guetter sur le visage de Gérard les signes de l'ultime renoncement, exploratrice égarée d'un désastre intime, veut conserver, en vérité, la trace de ses derniers moments sur terre ?

En fin de matinée, il tend le bras vers la radio et l'allume. Une voix protocolaire rend compte dans une langue trop écrite du voyage présidentiel en Alsace. Le général, en grand uniforme, accompagné du ministre de l'Éducation nationale, André Boulloche, a prononcé un discours à l'université de

Strasbourg sur la réconciliation franco-allemande, qui est « la condition et peut-être la gloire de la civilisation de demain », et sur l'avenir de l'Europe, que le marché commun vient de souder. De Gaulle en appelle à Leibniz et à Goethe, dont la lecture, dit-il, aide à se prémunir contre « les haines nationales » et repousse la tentation de l'Europe à « conspirer contre elle-même ». L'avenir est en marche. Le vieux continent s'apaise. Les braises s'éteignent. L'harmonie est décrétée et la réconciliation entre les peuples, promulguée. Les petits-enfants de Marcel Philip ne connaîtront pas la guerre ; et ils oublieront qu'ils ont hérité de celui qui s'est fourvoyé.

L'après-midi, une édition bilingue à couverture orange entre les mains, Gérard la passe à nouveau en Grèce, à Thèbes, avec la fière, entière et idéaliste Antigone de Sophocle, que Créon a condamnée à être enterrée vivante. En accomplissant, malgré l'interdit royal, les rites funéraires pour son frère Polynice, elle a en effet défié la raison d'État et lui a préféré sa conscience morale. « Subir la mort, pour moi n'a rien d'intolérable. L'intolérable c'est de laisser pourrir sans tombeau le corps de mon propre frère, oui, c'est cela pour moi, l'intolérable. Mais maintenant ma conscience est en paix. Tu penses que je suis folle, mais le vrai fou, en vérité, c'est celui qui me traite de folle. »

Plus les jours passent, et plus Gérard est fasciné par les tragiques grecs, aspiré par l'Athènes antique.

Son grand lit parisien tient désormais de la trière et de l'acatium. Il a l'impression de voguer vers les mythes, vers les dieux, dans une lumière aveuglante. D'être une vieille âme méditerranéenne échouée, pour y vivre vite, sur les rives de la Seine, au vingtième siècle, qui lui paraît aujourd'hui bien crépusculaire. Et il regrette soudain de n'avoir pas évoqué hier, avec Vilar, le projet qu'ils avaient eu ensemble, il y a deux ans, et qu'ils avaient pareillement laissé dormir, de monter, au TNP, *La guerre de Troie n'aura pas lieu*, de Giraudoux, cette tragédie sur la fatalité que Louis Jouvet, endossant l'habit d'Hector, avait créée en 1935, en guise d'avertissement, au seuil de la Seconde Guerre mondiale. Gérard, le héros du Mouvement de la paix, voulait lui aussi reprendre le rôle d'Hector, pour qui « le droit est la plus puissante des écoles de l'imagination » et qui veut à tout prix éviter la guerre.

En même temps, il lit *Civilisation grecque*, l'œuvre majeur et posthume, en trois volumes, d'André Bonnard, dont il vient d'apprendre qu'il s'est éteint à Lausanne il y a un mois, le 18 octobre dernier. Un ouvrage auquel un fragment, traduit par le grand helléniste, de Diogène d'Œnoanda tient lieu de conclusion et d'apologue. Gérard en souligne chaque belle phrase au crayon noir : « Conduit par l'âge vers le couchant de la vie, et m'attendant à tous les instants à prendre congé du monde avec un chant mélancolique sur la plénitude de mon bonheur, j'ai résolu, de peur d'être pris au dépourvu, de porter secours à ceux qui sont dans une bonne disposition. Si une personne, ou deux, ou trois, ou quatre, ou le nombre que vous voudrez, était dans la détresse, et que je fusse appelé à son aide, je ferais tout ce qui serait en mon pouvoir pour donner mon meilleur conseil. Aujourd'hui, comme je l'ai dit, la plupart des hommes sont malades, comme d'une épidémie, malades de leurs fausses croyances sur le monde, et le mal empire, car, par imitation, ils se communiquent le mal les uns aux autres, comme des moutons. En outre, il n'est que juste de porter secours à ceux qui viendront après nous. Eux aussi sont nôtres, encore qu'ils ne soient pas encore nés. L'amour pour l'homme nous commande d'aider les étrangers qui viendraient à passer par ici. »

Minou interrompt sa rêverie odysséenne. Pour elle, son fils consent à se lever et descend lentement les marches, jusqu'au salon, où il s'assied dans un fauteuil. On va y prendre un thé de Chine, autour de la table basse. Bientôt, Pierre et Aline, venus à pied de leur maison de verre de la rue Saint-Guillaume, sonnent à la porte, et, peu après, René et Bronia, un bouquet de fleurs blanches à la main. Il faut refaire du thé, sortir d'autres tasses. Anne-Marie et Olivier déboulent d'on ne sait où, joyeux, insolents, excités. Alain, l'air grave, s'extrait de ses cours de médecine pour l'occasion. C'est un après-midi feutré de dimanche d'hiver, le temps prend son temps, l'appartement de la rue de Tournon sent la brioche chaude, qui l'emporte sur les effluves médicamenteux échappés de là-haut. Gérard reçoit ses amis en robe de chambre, le buste droit. Il ressemble à un jeune roi sur son trône, déjà las de régner. Il parle moins qu'on ne lui parle. Mais il sourit à sa cour pirandellienne. Anne l'observe en coin. Elle est bouleversée par ce sourire, qui lui fait des yeux fauves. Minou lui trouve une meilleure mine et les traits plus lisses qu'à la clinique Violet, elle juge seulement qu'il lui faut reprendre du poids, des joues, des muscles. René s'exprime au nom de sa corporation, il s'impatiente de le voir rétabli, prétend que les studios le réclament. Bronia l'interroge alors sur ses projets, qu'il éloigne d'un geste négligent, comme s'il chassait dans l'air une plume d'oreiller ou une mouche invisible. Pierre, à qui Gérard vient de lire à haute voix la phrase de Médée sur « les terribles douleurs de l'enfantement », fait l'éloge de la médecine moderne, qui « a raison de toutes les maladies » et « fera bientôt de nous tous de vaillants centenaires », mais regrette de ne pas rester davantage. Il doit aller à la clinique du Belvédère, à Boulogne, pour conduire l'accouchement d'une de ses patientes, qui vient d'entrer en salle de travail pour mettre au monde son sixième enfant. Mais il reviendra dîner mardi : « Il faut qu'on organise nos vacances à la neige. » En entendant ce mot, Anne-Marie et Olivier exultent.

RUE DE TOURNON

lundi 23 novembre 1959

La nuit a été bonne. Il a rêvé, et s'en souvient. Il était allongé, torse glabre et nu, au fond d'une barque blanche qui glissait, en plein soleil, sur la rivière enchantée traversant, d'est en ouest, la cour d'honneur, bordée de saules pleureurs, du palais des Papes ; sa main droite caressait la surface tiède de l'eau, la gauche effleurait les herbes hautes de la berge, il entendait piailler des oiseaux postés sur la tour de la Campane et des harpes célestes jouaient d'inintelligibles alexandrins, qui résonnaient sur la lourde pierre gothique ; lorsqu'il entrouvrait les yeux, il apercevait le profil de Jean Vilar, tout de noir vêtu, dans l'encadrement d'une fenêtre de l'aile du Conclave. Ainsi protégé par son modèle et bercé par le mélodieux clapotis, il avait eu le sentiment de dormir pendant des siècles.

Ce matin, il se sent reposé et vaillant. Sa cicatrice au ventre ne tire plus, ou à peine. Anne va pouvoir à nouveau poser sa tête sur sa poitrine. Serait-ce le premier jour de sa nouvelle vie ? Il décide de quitter son lit et de s'habiller. Seul. Même le léger vertige qui le saisit au moment, levant une jambe, puis l'autre, de mettre son pantalon de velours côtelé lui semble cocasse. On dirait, pense-t-il, le vertige d'un adolescent sujet à l'hypoglycémie. Il se redresse, enfile un pull, et va s'asseoir à la table du salon, où Anne a disposé, en piles, du papier et des enveloppes. Car il s'agit de donner des nouvelles confiantes à ceux qui, depuis plus de deux semaines, pourraient s'inquiéter de son énigmatique silence. Lui qui, d'ordinaire, court après le temps, sans prendre celui de se poser ou de faire le point, a toujours aimé écrire des lettres, même brèves. En recevoir, aussi, et en lire. Elles affermissent les fraternités vagabondes, n'est-ce pas, cher Georges ? et témoignent pour les amitiés professionnelles, n'est-ce pas, cher Jean ? Elles sont de petits cailloux blancs, des bornes en pierre coiffées de rouge, des encoches sur les troncs de chênes séculaires, des marque-pages. Elles sentent la pelure tiède des confidences chuchotées.

La première est pour son père, si proche et si lointain, qui ne sait rien, à qui il ne faut rien cacher.

« Mon cher papa, j'ai donc eu deux abcès au foie, qui s'y trouvaient sans doute depuis quelques années, provoqués par des amibes. Maintenant le foie lui-même doit se remettre de cet ancien voisinage, car il est enflammé et congestionné. Ce sera le temps du repos. Je m'y installe avec joie. Sans fonction précise, et pouvant vivre très bien jusqu'au prochain film, *Monte-Cristo*, je consacre le temps aux lectures, aux flâneries, et puis aussi à l'établissement calme et non affolé des projets qui me concerneront plus tard. »

Il est heureux d'imaginer son père, à Barcelone, lisant et relisant ce bilan de bonne santé, que couronnent la promesse d'un nouveau film tiré d'un grand roman et l'engagement de regarder l'avenir avec pondération. Dans « l'établissement calme et non affolé des projets », qui désormais le définit, il n'y a pas seulement le désir de montrer son nouvel état d'esprit, il y a aussi l'envie de ressembler enfin à celui qu'il voudrait devenir. Il était doué pour la transe, il doit l'être pour l'équanimité. Cette lettre qui va partir pour l'Espagne est le gage de sa profonde métamorphose. Lorsque son père la recevra, il sera trop tard, mais comment peut-il un instant l'imaginer, lui qui s'apprête à galoper sur les routes de France dans les habits du justicier Edmond Dantès, se demande s'il va incarner ensuite le Troyen Hector ou l'universel Don Juan, et déjà s'impatiente de mettre en scène, à sa façon, légère, rapide et moderne, une tragédie grecque ?

La deuxième lettre, il la doit au Syndicat français des acteurs, qu'il a fondé et dont il a été, le 15 juin 1958, le premier président. C'est un syndicat tout neuf, issu du Comité national des acteurs, créé le 23 septembre 1957 après l'implosion du Syndicat national des acteurs, affilié à la CGT, dont les épuisantes dissensions internes et politiques remontent à la Libération. Au jeune SFA il a donné sa popularité, son temps, fût-il volé sur la nuit, son énergie, une partie de ses économies, parfois sa loge de Chaillot après le spectacle (ce qui lui valait les réprimandes de Vilar) et même une chambre, côté rue, de son appartement de la rue de Tournon, où s'entassaient, dans un incessant cliquetis de machines à écrire et un nuage bas de tabac brun, une douzaine de camarades exaltés, qui voulaient rendre à leur art sa dignité et l'empêcher de dépérir. C'était le temps à la fois déraisonnable et raisonné où, selon son frère d'armes Michel Piccoli, le même qui était « intemporel sur l'écran et la scène, se transformait dans la vie en citoyen parfaitement responsable de ses actes. Il me fascinait par sa précision et son autorité, qui contrastaient avec la grâce impalpable de son visage juvénile. L'acteur-ludion avait une vraie conscience politique, une stature et une personnalité de passeur ».

Aujourd'hui, il ronge son frein. « J'aurais aimé, écrit-il à Michel Etcheverry, qui lui a succédé en avril à la présidence du SFA, venir moi-même et plus vite vous assister parfois et, dans la mesure du possible, vous aider. Je n'ai pu malheureusement ni vous voir ni même passer le pas de la porte de notre Syndicat depuis le mois d'août. Je viens de subir une intervention chirurgicale. Tout est au mieux maintenant et je rentre dans une période de convalescence qui sera longue. Il est inutile de vous dire les souhaits que je fais pour votre travail et la marche de notre SFA. Veux-tu dire au personnel mes meilleures pensées. Amitiés. Gérard Philipe. »

C'est qu'il a déjà hâte de reprendre le combat et le chemin du syndicat. Il juge qu'il n'a pas fini ce qu'il a entamé. Et puis, désormais, comme si son confort et son prestige l'indisposaient, il est incapable de jouer au théâtre ou au cinéma s'il ne se consacre pas en même temps à l'amélioration des conditions de vie de ses partenaires. Surtout les plus précaires. Il ne supporte pas l'idée que, entre deux pièces, entre deux films, l'intermittent du spectacle, qui est un travailleur comme les autres, soit condamné à la misère. Caligula, Lorenzaccio ou Perdican ne sont rien sans les hallebardiers, les pages et les soubrettes qui font du théâtre un grand rêve éveillé. En mars dernier, il a adressé un courrier aux adhérents du SFA pour appeler à une grève nationale dans les théâtres privés, où, contrairement au subventionné, la plupart des contrats sont léonins. Et même s'il a laissé la présidence à Etcheverry, il reste membre du bureau directeur et compte bien mener jusqu'au bout la réforme des minima sociaux, des retraites, obtenir que soient réévaluées à la hausse les subventions allouées aux théâtres de province ou encore que soient payées les heures de répétition et revalorisés les cachets en vigueur dans la postsynchronisation. La maladie n'y a rien changé : celui qui est entré au

TNP pour servir le public et a pris la tête du SFA pour servir les acteurs ne peut pas vivre sans s'engager. Ni taper fort sur la table des négociations. En octobre 1957, alors qu'il était à l'affiche de *Pot-Bouille*, de Julien Duvivier, il avait signé, à la Une de l'hebdomadaire *Arts*, un éditorial qu'il avait titré : « Les acteurs ne sont pas des chiens. » Il y écrivait : « Le théâtre ne doit pas appartenir à ceux qui ont les moyens d'attendre ou la chance de trouver un second métier conciliable avec les impératifs de notre condition. L'amélioration des conditions sociales du comédien demeure notre souci essentiel. Que le public nous aide et prenne nos problèmes au sérieux. Il sera le principal bénéficiaire de cette lutte : plus le comédien sera assuré de la défense de ses intérêts, plus il sera détendu et épanoui. »

Il ouvre les tiroirs de la commode, remplis d'épais dossiers à l'en-tête du SFA, qui débordent de colères, de révoltes, de barouds, de revendications, de protocoles, d'ultimatums, de sommations, d'expertises chiffrées, de comptes-rendus d'assemblées générales, mais aussi de solidarité et de fraternité. Il se promet, dans quelques jours, dans quelques semaines, de s'y replonger. Quand il aura recouvré ses forces vives, il proposera à ses camarades d'essaimer dans toutes les grandes villes françaises, sur l'exact modèle du TNP, des institutions régionales, des palais de la culture, des scènes subventionnées où le public le plus modeste pourra accéder au théâtre, à l'opéra, à la danse, à ce patrimoine jusqu'alors dévolu aux seuls privilégiés. Ne pas oublier, note-t-il sur un bout de papier, de demander un rendez-vous à André Malraux, nommé en janvier dernier ministre aux Affaires culturelles, de lui faire part de ce projet. Il devrait le comprendre et, peut-être, l'appuyer. Depuis que Jean Vilar lui a écrit, dans une lettre qu'il a précieusement gardée : « Tu es le seul comédien de la génération de l'après-guerre qui ait compris sentimentalement le problème populaire, car c'est ainsi, sentimentalement, qu'il faut le traiter, le théâtre populaire », Gérard se sent pousser des ailes. L'air est pur, en ce 23 novembre. Tout reste à faire. « J'ai faim », lance-t-il à Anne, qui s'active en cuisine.

RUE DE TOURNON

mardi 24 novembre 1959

Ce matin, pluie fine échappée des jardins du Luxembourg, vent d'ouest en sourdine, petit-déjeuner d'affamé – presque une baguette trempée dans du café au lait – et visite de contrôle, en costume trois pièces, du professeur d'Allaines. Le clinicien est étonné par la vigueur, par l'endurance de son patient, qu'il ausculte et interroge longuement, dont il touche le ventre cicatrisé avec une délicatesse de dentellière, comme s'il cherchait, sans le montrer ni les trouver, des preuves visibles de ce mal clandestin dont il sait, d'ordinaire, la progression foudroyante, mais qui semble ici, déjouant les pronostics, prendre tout son temps, ourdir dans un coin obscur, ronceux, son ultime guet-apens et retarder l'offensive décisive, à découvert.

C'est une énigme pour le médecin, ce maître des horloges, soucieux d'une exactitude à laquelle ce malade-ci, réfugié dans un temps parallèle, paraît indifférent, voire rétif. La conversation des deux hommes, qui ne semblent pas parler la même langue, est aussi chaleureuse que fausse. L'un manie la rhétorique du mensonge et l'autre, l'éloquence de l'ignorance. Alors, quand Gérard, au moment de se rhabiller, lui annonce qu'il compte bien terminer sa convalescence à la montagne, le mandarin décontenancé ne peut qu'acquiescer : « Oui, oui, c'est une bonne idée. » Et à Anne, qui le raccompagne jusqu'à la porte, il glisse à voix basse, détachant bien chaque mot : « J'ai du mal à comprendre. Il est perdu, mais sa vitalité est telle que je ne pense peut-être pas lui avoir menti en lui disant tout à l'heure que, bientôt, dans un mois, il partirait avec vous pour les sports d'hiver. »

Dans l'après-midi, Gérard relit quelques pages du *Mythe de Sisyphe*, qui avait paru le jour exact de ses vingt ans. Il tombe sur ce passage où Camus parle de l'acteur, dont la mort prématurée est irréparable : « Rien ne peut compenser la somme des visages et des siècles qu'il eût, sans cela, parcourus [...]. C'est dans le temps que l'acteur compose et énumère ses personnages. C'est dans le temps aussi qu'il apprend à les dominer. Plus il a vécu de vies différentes et mieux il se sépare d'elles. Le temps vient où il faut mourir à la scène et au monde. Ce qu'il a vécu est en face de lui. Il voit clair. Il sent ce que cette aventure a de déchirant et d'irremplaçable. Il sait et peut maintenant mourir. »

En fin de journée, Pierre, venu avec des chocolats

et des pâtes de fruits, est donc chargé de trouver sans tarder le chalet. Un chalet vaste, un peu hautain, avec beaucoup de chambres et une grande baie vitrée donnant sur la vallée, d'où monteraient des volutes de brume et des aigles royaux. Gérard le veut en altitude et à l'écart du village, à pic et au milieu des nuages. Un voilier dans les airs. La réservation se fera au nom de Vellay, afin de ne pas éveiller les soupçons des cancaniers, de dissuader les suiveurs. Ça l'amuse. Il a maintenant les yeux qui brillent et la voix rieuse. De son joli nez droit, il hume déjà le parfum épineux des mélèzes et celui, onctueux, du fromage fondu. Il est pressé de voir se découper à l'horizon les canines roses de la chaîne alpine, d'entendre le grand silence enneigé de la nuit, qui rend le sommeil plus profond. Ils auront très froid et très chaud, très chaud et très froid. Les enfants feront des batailles de boules de neige. Les femmes, en fuseaux et col roulé, auront les pommettes dorées et saillantes. On marchera dans la poudreuse, les jambes enfoncées jusqu'aux genoux, sur des étendues vierges. On criera, en pouffant, « À vaincre sans péril on triomphe sans gloire » et « Ô rage ! Ô désespoir ! Ô vieillesse ennemie ! N'ai-je donc tant vécu que pour cette infamie », que l'insolent écho de la montagne répétera à l'infini. Le soir, on fera des parties de cartes et d'échecs devant un feu de bois. On se couchera tôt pour se réveiller tôt et découvrir, la bouche ouverte, au pied du chalet, l'épaisseur prodigieuse du manteau blanc, qui garde la trace des lièvres variables et des marmottes timides. On sera loin de tout, et si près du ciel.

« Vois-tu, Pierre, dans nos métiers, le tien comme le mien, il nous faut savoir protéger ce qui nous appartient vraiment, et se garder du temps pour en profiter au maximum. N'oublie jamais que notre vie privée n'appartient qu'à nous. » Pierre prend des notes sous la dictée, à la manière d'un scripte convoqué dans l'urgence par un réalisateur de studio impatient de tourner enfin son film à la lumière du jour. Il sort son agenda, coche des dates possibles, entre Noël et le jour de l'An, s'engage à lui proposer des stations calmes, ignorées des gens en vue, et promet de s'enquérir des meilleurs horaires de train. Et lorsqu'il se lève pour partir et met son duffle-coat dans l'entrée, il entend encore la voix de son ami qui, depuis la chambre, le rappelle à ses obligations avec une enfantine autorité : « Pierre, tu penses bien à tout ce que nous avons dit, hein ? Tu n'as rien oublié ? C'est du sérieux ! Et bonne nuit... »

La sienne, où le conduit, dans des draps propres, une nouvelle lecture, crayon à la main, des pièces d'Euripide, pleines d'apophtegmes, « la jeunesse me charme, la vieillesse me pèse », « le temps adoucit les regrets », « un naturel noble est toujours facile à reconnaître », « ce que n'ordonne pas le destin, le destin ne vous l'infligera pas », « une vie sans beauté n'est qu'un lourd fardeau », sera douce, aérienne et longue, au milieu des paysages ouatés d'une montagne inviolée. Les rêves glissent. Les lumières s'éteignent. Les yeux se ferment. La vie s'apaise.

Au deuxième étage du 17 de la rue de Tournon, même le mal s'endort, las d'avoir trop guetté sa proie, épuisé par sa propre cruauté.

RUE DE TOURNON

mercredi 25 novembre 1959

« Chut, les enfants, surtout ne faites pas de bruit, Papa dort encore. » Anne aide Anne-Marie et Olivier, qui regimbent, à se laver et s'habiller. Elle leur sert un chocolat chaud, qu'ils boivent en silence, dans des bols blancs à anse bleue et à leur prénom. Huit heures sonnent gravement à l'horloge du Sénat. Vite, mettre les petits manteaux, les écharpes et les cagoules, claquer le plus discrètement la porte d'entrée, enfin parler à haute voix et se chamailler dans la cage d'escalier, ouvrir la lourde porte cochère, oh hisse, pour être saisi, dans la rue, par le froid de l'hiver et la solennité de la grande ville. C'est un matin comme tant d'autres, dans une famille française.

Anne tient ses enfants par la main et marche droit, pressée par elle ne sait trop quoi, comme si une menace sourde planait au-dessus de sa tête. Son cœur bat plus vite, plus fort que d'ordinaire. Elle n'aime pas ses intuitions, parce qu'elles sont souvent justes, surtout depuis cet été. Et chaque jour ajoute à l'oppressante solitude de qui ne peut rien partager, ni ce qu'elle sait ni ce qu'elle pressent. Elle a quarante-deux ans, l'âge que n'atteindra jamais l'homme jeune qu'elle va devoir bientôt aimer à l'imparfait, un temps dont elle déteste l'idée d'incomplétude et qui souligne si méchamment l'évanescence des vies inachevées. Les bouts de chou qu'elle accompagne, qui l'accompagnent, la feraient pleurer, si, le buste haut et le menton relevé, elle ne savait si bien retenir et sangler ses émotions. Elle entre dans le jardin du Luxembourg par la grille de l'Odéon qu'ils avaient escaladée, Gérard et elle, comme des voleurs, par une nuit de neige épaisse, en sortant du théâtre. Seuls dans le jardin blanc, ils étaient restés longtemps à contempler le ciel étoilé en se tenant enlacés pour se réchauffer et s'étaient engagés à toujours être fiers et forts : « Nous essaierons d'être élégants si un jour nous sommes malheureux » ; « Je te le promets ».

Elle passe devant la fontaine Médicis et puis le grand bassin, où l'eau est chahutée par des vagues miniatures, remonte les allées bordées de platanes aux branches noires, de marronniers étêtés et de statues vert-de-gris, sort par l'avenue de l'Observatoire, prend la petite rue Michelet qui débouche sur le 131 boulevard Saint-Michel, sur l'école du Père Castor, où elle lâche, avec un sourire un peu forcé, après un quart d'heure de marche en apnée, les mains tièdes d'Anne-Marie et d'Olivier.

Elle revient rue de Tournon par le même chemin, sous le même ciel sombre et venté qui lui rappelle son enfance à Knokke-Le-Zoute, ses longues promenades solitaires dans le Zwin, sous les ailes des cigognes, des sternes, des hérons cendrés, jusqu'aux dunes plantées de panicauts et d'obiones, qu'elle dévalait pour aller tremper ses pieds dans la mer du Nord aux couleurs d'huître. Cela lui paraît soudain si loin, si humide et si froid. Que reste-t-il de la petite Nicole Navaux chez la mère, retour de l'école, dont le mari condamné lui a fait découvrir et aimer l'éclatante lumière du Midi ?

Elle quitte le Luxembourg par la porte où elle était entrée, descend la rue de Tournon, monte l'escalier du 17, ouvre et appelle. « C'est moi, mon chéri. » Mais rien, sinon le bruit diffus de la ville grondeuse. Elle appelle encore. Toujours rien. Un silence opaque. Anne se précipite dans la chambre. Gérard dort, dans son pyjama bleu. Il ne se réveillera plus. Son visage est calme. On pourrait croire qu'il sourit. Même pas une contraction de la main. Assis près du lit, Alain, d'une voix somnambulique, explique qu'il l'a trouvé inconscient lorsqu'il est venu lui dire bonjour. Il se retire sur la pointe des pieds et laisse Anne, prostrée, brisée, seule avec son amour, seule avec son effroi, seule au bord du vide, où son cerveau bascule. Le temps s'est figé dans un silence tombal. Sur la table de nuit repose le volume des *Troyennes*, un coupe-papier en nacre fiché à la page 123, avec, dans la marge, ce leitmotiv : « Pour moi, dans vingt ans ».

Une embolie foudroyante, déclareront ensuite

les médecins, appelés à la hâte et repartis aussitôt, comme s'ils dérangeaient. Leur communiqué officiel indique l'heure du décès : onze heures cinquante.

*

Comment naissent alors les rumeurs et se propagent les nouvelles ? C'est un mystère ou la preuve que les grandes émotions populaires n'ont besoin, pour s'exprimer, ni d'avis ni de preuves. La mort n'a pas encore été annoncée que, déjà, les Parisiens convergent, dans l'après-midi, vers la rue de Tournon. La procession est lente, silencieuse et sonnée. Beaucoup de jeunes filles, une rose à la main, d'élèves sortis des lycées et universités environnants, de femmes et d'hommes tenant, tel un bréviaire, un programme abîmé du TNP, d'artisans et d'ouvriers venus là après le travail, de badauds ébahis. Lorsque tombe comme un couperet la nuit d'hiver, la foule est si compacte qu'elle occupe toute la voie, entre la rue Saint-Sulpice et la rue de Vaugirard, et empêche les voitures de circuler. On a dépêché à la hâte des gardiens de la paix pour protéger le domicile du comédien, où n'entrent que les intimes et, plus tard, quelques personnalités des lettres et du spectacle, Simone Signoret et Yves Montand, Serge Reggiani, Jean Vercors, Jean Becker… Les volets des fenêtres du deuxième étage ont été fermés. En bas, dans le froid, la foule est recueillie, on croirait qu'elle prie.

RUE DE TOURNON

jeudi 26 novembre 1959

L'habilleuse du TNP est arrivée, les mains pleines, à pas de souris, au lever du jour. À la demande d'Anne, elle apporte, repassé avec soin, enveloppé dans du papier crépon, le costume dans lequel Gérard avait triomphé et sera enterré. Celui du Cid, qu'avait dessiné, à la manière d'un paysage azuréen menacé par la tempête, le peintre Léon Gischia. Un pourpoint bleu horizon recouvert d'une cuirasse matelassée bleu nuit à passements dorés, barré d'une écharpe bleu lavande, avec, sur les épaules, tombant jusqu'aux cuissardes noires, une longue cape rouge vermillon. Cette cape que, certains soirs, au milieu de la cour d'honneur, le mistral faisait voltiger dans un bruissement de rapace qui prend son envol sans vouloir lâcher sa pauvre petite proie chaude.

Vient le moment de le vêtir pour son ultime représentation. Les gestes sont lents et précautionneux. Les vestales d'un jour semblent assouplir le corps trop raide, qui se glisse avec volupté dans son habit de scène. À la place du cœur, Anne dépose une simple orchidée. Au loin, la rumeur bourdonnante de la rue évoque le murmure du public impatient et amoureux, avant le lever du rideau, dans l'immense salle de Chaillot aux résonances fraîches de basilique romane.

C'est à Rodrigue, un Rodrigue au visage pâle, presque transparent, que, toute la journée, les visiteurs vont venir dire adieu. Comme si la tragédie de Corneille se prolongeait dans un post-scriptum grandiose, il reçoit, couché sur son lit, dans la chambre en hauteur où l'on accède en montant quelques marches, à la manière d'un prince espagnol exposé dans la salle des audiences du palais sévillan de l'Alcazar. Jamais la mort n'a été plus théâtrale.

Jean Vilar, hagard, l'un des premiers à venir se recueillir, bouleversé de voir son acteur endormi dans le rôle qu'il avait littéralement habité, rappelle à Anne, dont il serre la main pour la réchauffer, que Gérard le lui avait d'abord refusé. C'était en 1948. Il prétextait qu'il avait fait ses classes, au Conservatoire, dans le registre de la comédie, que son physique était d'un romantique, qu'il était fait pour jouer Fantasio, et qu'il lui manquait d'avoir la carrure, la cambrure, le coffre d'un tragédien. La vérité est qu'il se méfiait de ses dons et se faisait une très haute idée de Rodrigue, qui l'intimidait. Vilar était reparti furieux, l'avait traité in petto de « petit con ». Après d'interminables conversations, Anne avait obtenu de Gérard qu'il revînt sur sa décision, c'est-à-dire sur son appréhension. Deux ans plus tard, un peu embarrassé, il était retourné voir le patron du TNP, qui avait accordé son pardon à la condition qu'il joue en même temps *Le Cid* et *Le Prince de Hombourg*. Le ton était sec, la proposition sans appel. C'était à prendre ou à laisser. Gérard avait pris. Répétant la pièce de Corneille le matin et celle de Kleist l'après-midi, maniant dans l'une et l'autre pareillement l'épée et le verbe militaire, il avait fièrement exalté les deux rôles-titres, le sudiste et le nordique, dans la cour d'honneur du palais des Papes, en juillet 1951. Aujourd'hui, devant la dépouille du comédien héroïque et amoureux qu'il avait transfiguré, qui l'avait tant fait « frissonner », Jean Vilar rappelle à Anne, en souriant tristement, le titre de l'article de René Barjavel, paru le lendemain de la générale : « Cid est ressuscité ! »

Sur la table de l'entrée s'amoncellent déjà des télégrammes et des pneumatiques de condoléances signés Aimé Césaire, Le Corbusier, Claude Morgan, Maria Casarès, Jacques Prévert, Fernandel, Tino Rossi, Elvire Popesco, Edwige Feuillère, Jean Renoir, Michèle Morgan, Bernard Blier, Vittorio De Sica, Luis Buñuel, François Périer, Martine Carol, Yvonne Printemps, Jean Marais, Bourvil, Raf Vallone, Henri-Georges Clouzot, Louise de Vilmorin, Alexander Calder, Michel Piccoli, Gaby Morlay ou Jacques Duclos, au nom du Parti communiste français. Anne ne les lit pas, ne les lira pas. Une amie est chargée de placer dans des cartons à chaussures ces témoignages compassionnels qui ne la concernent pas. La France, bientôt rejointe par le monde entier, pleure son idole, fauchée en pleine gloire, mais elle est seule, désormais, avec sa détresse. Le costume du Cid, qu'il a porté près de deux cents fois, c'est le cadeau qu'elle a souhaité offrir à ses admiratrices et admirateurs : elle met en scène une dernière fois le grand d'Espagne qui ne lui appartient plus et auquel Don Fernand accordait sa confiance avec des mots d'airain.

Espère en ton courage, espère en ma promesse,
Et possédant déjà le cœur de ta maîtresse,
Pour vaincre un point d'honneur qui combat contre toi,
Laisse faire le temps, ta vaillance et ton roi.

Pourtant, l'homme qu'elle a aimé ne portait pas de pourpoint, il ne parlait pas en alexandrins, il avait la peau douce, des doigts longs et fins, des lèvres d'enfant, des dents qu'on aurait dit de lait, une fossette mutine au menton, les oreilles un peu décollées, un cœur qui battait la chamade et la voix acidulée du Petit Prince. Nul n'était plus vivant que lui. Nul, plus sensuel. Nul, plus enclin à la joie.

« Le Cid ne meurt pas », murmure Louis Aragon, un feutre à la main, venu avec Elsa Triolet s'incliner devant le garçon frêle du *Diable au corps*. Et il ajoute avec solennité : « Simplement, il avait trop joué, il lui fallait se reposer d'un long sommeil. » Afin d'échapper aux photographes, qui guettent dans l'escalier l'arrivée de Marlene Dietrich et d'André Malraux, le couple d'écrivains communistes est passé par la porte de service au moment où, dans l'entrée, des employés des pompes funèbres commençaient à préparer le cercueil avec une lampe à souder. Avant de monter dans la chambre du mort, Aragon, soudain effarouché, erre dans l'appartement enfumé sans quitter sa gabardine. Il veut croire que la moquette bleu sombre garde la trace des derniers pas de Gérard, inspecte, dans le salon, les rayons de la bibliothèque, où il se cherche en vain, même pas *Le Paysan de Paris* ni *Les Cloches de Bâle*, regarde par la fenêtre les reporters postés comme des tireurs d'élite sur les balcons et les toits de la vieille rue de Tournon. Il fouine et aperçoit, jetée sur une table, une grande enveloppe jaune sur laquelle est écrit : « Gérard Philipe, un jeu complet », qu'il n'ose pas ouvrir. Elle doit contenir, se dit-il, des photos du prince Muichkine, de Modigliani, de Méphistophélès, de Fanfan, de Julien Sorel, de Fabrice del Dongo, de Till l'espiègle, de Ruy Blas, de Perdican, de Lorenzaccio, de Valmont, de Caligula, de Tellur, de Richard II... « On n'y ajoutera plus personne, pense tout bas Aragon, ni le Grand Meaulnes, ni Peter Schlemihl (une idée à moi), ni Almaviva, ni Frédéric Moreau, Petchorine ou le Petit Jehan de Saintré. Un jeu complet. Complet comme un train qui ne vous emportera pas vers les vacances.

Complet, comme on écrit à la porte d'un cinéma, et la ville au-dehors est noire et vide, il n'y a plus où aller... » Il écrit déjà son adieu pour *Les Lettres françaises.*

La ville au-dehors est noire et pleine. La foule ne veut toujours pas quitter la rue de Tournon, qui grossit encore à mesure que le jour tombe, que les fleurs s'amoncellent sur le trottoir, que les bougies s'allument et frissonnent dans le froid. La concierge de l'immeuble d'à côté ouvre sa fenêtre à l'heure des « Actualités françaises ». On se presse pour écouter la voix chuintante de François Mauriac, qui tremble plus qu'à l'accoutumée et que l'ORTF a convoqué pour improviser, face caméra, une oraison funèbre.

« Gérard Philipe, je ne le connais pas. Je n'en prends pas moins ma part de chagrin. Ce qui montre bien la grandeur de cette profession autrefois décriée. Gérard Philipe a donné de lui-même à tous. Il n'est personne en France qui ne l'ait perdu. Et même dans le monde. Nous devrions finir par le savoir, que les êtres charmants et jeunes meurent eux aussi, mais c'est toujours le même étonnement, le même scandale qui faisait crier de douleur jusqu'à l'austère Bossuet devant la dépouille de Madame. Gérard Philipe, héros cornélien et romantique : il était Rodrigue et il était Octave, l'Octave des *Caprices de Marianne*. Il l'était à la perfection, avec ce cynisme à fleur de peau et cette secrète tendresse qui jaillissait dans un cri. Ah ! je crois l'entendre encore : "C'est moi qu'ils ont étendu sous cette froide pierre. Adieu la pureté de ma jeunesse, l'insouciante folie, la vie libre et joyeuse au pied du Vésuve. Adieu l'amour et l'amitié !" »

Un long soupir, et puis l'auteur de la *Vie de Jésus* poursuit, les mains jointes : « Quelqu'un me dit : "Vous savez qu'il était communiste." C'est une erreur. Mais qu'on puisse l'avoir cru signifie donc que les autres existaient pour lui et qu'en dépit de sa merveilleuse réussite, il ne demeurait pas indifférent à la souffrance des hommes. Le mal qui l'a tué était-il lié à sa vie épuisante ? Toutes ces phalènes autour des sunlights… Mais lui, il était d'une autre race. C'était une âme. C'est une âme. »

Au deuxième étage, côté cour, Chimène cherche le silence de la nuit pour pleurer : « J'irai sous mes cyprès accabler ses lauriers. » On a maintenant placé le Cid dans son cercueil. Il entre vraiment dans son grand sommeil. Elle le veille, seule. Ses amis sont allés se reposer et les enfants ont été éloignés du drame, comme ils seront écartés de la cérémonie des adieux. Cela fait quarante-huit heures qu'Anne n'a pas dormi. Assise près de la boîte en bois de sapin, qu'elle caresse de la main, elle s'étonne de n'être pas fatiguée. Elle est seulement ahurie. Sans bouger ni répondre au téléphone qui n'arrête pas de sonner dans le vide, elle attend maintenant la voiture qui les emmènera tous les deux à Ramatuelle. La route va être très longue. Mais maintenant que la mort est passée, plus rien ne presse.

SUR LA ROUTE

vendredi 27 novembre 1959

Le 29 novembre 1951, ils s'étaient mariés à la mairie de Neuilly, s'étaient juré fidélité, promis d'être heureux, d'échapper aux « facilités du romantisme » et de vivre de concert. Ils voulaient croire, avec Nietzsche, que « le mariage est une longue conversation ». Un maigre rayon de soleil avait même percé la fenêtre pour éclairer à l'oblique l'échange des consentements et des alliances. Pouvait-elle imaginer alors, sauf dans ses pires cauchemars, que, seulement huit ans plus tard, presque jour pour jour, elle escorterait, sous une pluie incessante, le corps mort de son aimé, couché dans un corbillard Peugeot 403, immatriculé 1811 HZ 75, au toit recouvert d'énormes gerbes de fleurs écrasées par la vitesse et rembrunies par les giclées d'eau ?

Ce matin, à l'aube, des hommes en noir ont descendu le long cercueil, qui cognait contre les murs de l'escalier, et l'ont glissé dans le fourgon, garé sous l'étroit porche et conduit par un chauffeur en uniforme et à casquette. Fendant sans la voir la foule compacte et silencieuse des veilleurs de nuit, Anne s'est assise dans la Citroën suiveuse, celle de Pierre Vellay, à la place du passager, place du mort.

Lui devant, elle derrière, le convoi a traversé Paris endormi jusqu'à la porte d'Italie et pris la nationale 7. La route des vacances, mais sans enfants, sans excitation, sans bouchons et sans soleil. Partir pour Ramatuelle était toujours un gage de bonheur et de liberté. Là-bas, tout s'allégeait, tout s'exhaussait. La petite famille y vivait hors du temps, elle s'ensauvageait, elle ne se donnait en spectacle qu'à elle-même et s'affranchissait de ce qui, ailleurs, menaçait sans cesse son équilibre : la célébrité, les mondanités, l'ubiquité, le devoir de paraître et de séduire, le travail acharné, les tournées, les tournages, le tournis… Anne a tenté de se convaincre, sans trop y croire, qu'il faudrait profiter de ce dernier voyage ensemble et imaginer qu'il dort, simplement, pour être en forme à l'arrivée.

Les deux voitures ont roulé à travers la banlieue ouvrière du Kremlin-Bicêtre et de Villejuif, où des passants se signaient au passage de ce mort anonyme, avant de se lancer, sur la route glissante bordée de platanes, vers le Sud lointain. Elles ont vite franchi Montargis, Briare, La Charité-sur-Loire, mais aussi des villages déserts, longé des champs trempés, des forêts grises, des fermes fortifiées, des châteaux oubliés, des ruines en ombre chinoise, des gares à l'abandon, et fait une halte dans une station essence près de Nevers. Le chauffeur du corbillard a fait le plein en regardant Anne, immobile et muette derrière le pare-brise de la DS, comme pour s'assurer qu'elle était bien là, qu'elle ne quittait pas des yeux son mari. Et puis le convoi est reparti, sinistre et opiniâtre, Moulins, Roanne, Lyon, Valence, et s'est arrêté, à la nuit tombée, dans un hôtel de campagne, décoré avec des photos de poilus et des aquarelles du dimanche, qui sentait la terrine de sanglier et la cire d'abeille. Sur une table, une pile de journaux avec la photo irradiante et démultipliée de Fanfan. Dans l'un d'entre eux, Jean Cocteau se fait l'interprète des fées penchées au-dessus du berceau de Gérard : « Nous ferons en sorte que ta courte gloire soit assez puissante pour être longue. »

À l'heure du dîner, Anne n'a rien voulu manger. Elle est allée se coucher, a pris les somnifères et les calmants prescrits par Pierre, mais n'a pas trouvé le sommeil. Au milieu de la nuit, elle est descendue dans le garage, situé juste au-dessous de sa chambre, où l'on avait abrité le corbillard. Elle en a ouvert la porte arrière et a caressé, jusqu'au petit matin, le drap noir qui recouvrait le cercueil. À voix basse, elle a psalmodié : « Je suis là, je t'aime, je suis là, je t'aime... »

Cette même nuit, dans son antre de la plage des Plomarc'h, face à une mer déchaînée, Georges Perros, épuisé par la tristesse, écrit un adieu à son frère de lumière et se souvient de l'élève si singulier du Conservatoire. « Il vous broutait un texte avec frénésie, fantaisie, tout de suite chez lui, aimanté par la plus forte intelligence du mouvement. Il donnait l'impression de ne pas avoir besoin de comprendre ce qu'il disait. Mais de l'approcher par la danse, par la mimique, de laisser le verbe s'installer physiquement, organiquement, par toutes les fibres alertées du corps. Il avait déjà cette diction très consonante, victorieuse, haut placée, cette voix vorace, agressive, cette manière insolente ou très tendre d'attaquer le discours, à son niveau maritime. Il parlait admirablement faux, hors toute logique conventionnelle, enveloppant les mots d'une couche lyrique sans équivalent ; d'une membrane de tremblement qui les faisait grésiller, et s'envoler sur la piste rouge du système nerveux, si riche de résonances. Cette façon d'être tout en jouant, et vice versa, d'accaparer totalement le champ de l'essentiel, d'en fondre amoureusement l'alpha et l'oméga, je ne l'ai connue qu'à lui. Il y avait du génie dans son cas.

« Aucun de mes amis ne m'a tant ému de subite gentillesse, de tapes sur l'épaule, de silences affectueux. Voilà que tu as pris de l'avance, comme d'habitude, que tu as foncé dans les sables terribles qui nous attendent tous. Tu nous y attends. Ce sera moins dur de mourir, maintenant, pour ceux qui t'ont aimé. Moins bête. Il y aura là un rendez-vous à ne pas manquer, que nous ne manquerons pas.

Gérard, tu n'es pas mort. Tu fais semblant. Nous, nous faisons semblant de vivre, dans la gloire et l'horreur de ce jour, de cette nuit qui t'exaltaient. C'est égal. »

RAMATUELLE

samedi 28 novembre 1959

Il pleut toujours lorsque les deux voitures funèbres repartent pour le Midi. Les paysages deviennent plus cléments. Le froid s'oublie. Les marronniers cèdent aux cyprès. C'est à partir d'ici, pense Anne, que le vent se passionne. La nationale 7 pénètre la Provence en douceur, contourne avec pudeur la ville d'Avignon, son palais des Papes, son verger des souvenirs en hibernation, tutoie Aix et glisse enfin vers Le Luc. C'est le moment précis où la route se rétrécit et tourne, au milieu d'une terre orangée, vers l'imposante forêt des Maures, qui surplombe le golfe de Saint-Tropez et annonce, là-bas, le village sarrasin de Ramatuelle, élevé sur un contrefort de la colline de Paillas. Le cœur d'Anne bat plus vite. Chaque fois, à cette intersection, éblouis par la beauté aride de la plaine qui précède la montagne, ils lançaient d'une même voix aux enfants : « Ça y est, on est presque arrivés ! » Elle a l'œil rivé sur la lunette arrière du corbillard. Il emprunte maintenant la départementale sinueuse accrochée à la roche, qui louvoie au milieu de l'inextricable futaie de chênes-lièges, de châtaigniers, d'arbousiers et de pins d'Alep, le fait bringuebaler dans les tournants en épingle à cheveux et traverser, comme essoufflé, le village pierreux et haut perché de La Garde-Freinet. Après quoi, elle descend, malicieuse et impatiente, vers Grimaud, vers le golfe, vers la baie de Pampelonne où, aujourd'hui, la mer est d'un gris flanelle. La pluie a cessé. Anne sourit en écrasant une larme. L'heure des retrouvailles et de la séparation approche. Voici enfin la petite route qui monte vers Ramatuelle au milieu des vignes. Anne voudrait ralentir la course et même la stopper. Trop d'images du passé, trop de violence dans ce pays paisible. Elle enfonce ses ongles dans son fauteuil lorsque la voiture passe sans s'arrêter le long de La Rouillière aux volets fermés et laisse, sur sa gauche, en contrebas, le domaine strié de ceps nus, en berne, qui s'étend sur près de trente hectares. Tout ce voyage pour, finalement, sauter le bonheur, comme disait Stendhal. C'est là, sur l'inaccessible colline, au pied d'un arbre mangé par la broussaille, sous cette terre ocre qu'il avait tant aimée et qui était leur paradis, loin des bruits du monde, sans pèlerins, sans protocole et sans cercueil, qu'elle aurait voulu le coucher, si seulement la loi l'y avait autorisée.

Plus haut, devant le petit cimetière de Ramatuelle, une foule compacte et figée attend le corbillard. Des journalistes, des photographes, des cameramen, dépêchés afin d'immortaliser l'instant où l'étoile va disparaître en plein jour, cherchent en vain les personnalités parisiennes, car elles se comptent sur les doigts d'une main. Bronia et René Clair ont fait le voyage, et ils sont allés chercher Jean Bruller, alias Vercors, à la gare de Cannes. Dès la descente du train, l'auteur du *Silence de la mer*, comme prostré, leur souffle le mot de Maurice Barrès, aux obsèques de Marcel Proust : « C'était notre jeune homme ! » Dans la voiture qui longe la sombre mer d'hiver, il se souvient de son premier et dernier été à La Rouillière, il y a un an seulement. Gérard, torse nu, jambes de compas, vivait en short et espadrilles, il dirigeait de la voix un bulldozer sur le terre-plein et aidait au débroussaillage, mangeait sous la tonnelle avec un enfant sur chaque cuisse, sortait la Ford 1920 pour aller se baigner à Pampelonne et savourer un loup au fenouil pêché du matin sur le port de Saint-Tropez, inventait chaque soir, avant le coucher, pour Anne-Marie et Olivier, l'histoire de Zoé, la-petite-fille-qui-avait-de-l'initiative, et, pendant le dîner aux bougies, sur la table de céramique, faisait raconter au fondateur des clandestines Éditions de Minuit la grandeur et la tragédie du Vercors, l'héroïsme de la Résistance et la mort de l'écrivain Jean Prévost, criblé de balles allemandes au pied du massif. Après une semaine de paradis, Gérard avait lancé à Jean Bruller et à sa femme, Rita : « Vous reviendrez, c'est promis ? » Oui, ils sont bien revenus, mais le temps est lugubre, la vigne est taillée, les cigales ne chantent pas et les Ramatuellois sont abasourdis.

On croirait d'ailleurs qu'on enterre un enfant du pays. Le village, tout le village, s'est endimanché pour pleurer. La famille Cauvière du Café de l'Ormeau au grand complet, Gabriel Giraud, le maçon qui a aidé Gérard à rénover La Rouillière et sortait le pointu pour aller pêcher, avec lui, de quoi faire la soupe de poisson, les commerçants, les ouvriers agricoles, les employés de la cave coopérative qui transformaient le raisin de la propriété en rouge grenat ou en rosé au goût de pêche, des vieux au visage tanné où les larmes cherchent leur chemin de ride en ride, des filles à marier, des enfants étonnés et le curé en soutane, ici sans emploi. Celles et ceux qui n'ont pas pu entrer dans le cimetière se serrent au milieu des arbres, sur la colline broussailleuse qui l'entoure et le domine. Adossé à un chêne-liège, un vieux Ramatuellois glisse à l'oreille de son voisin : « C'est peut-être mieux, ces funérailles sans cérémonie, sans église, sans prêtre. Mais tout de même… » Et l'autre lui répond : « Oui, tout de même, mais imagine le pire, que Dieu existe. Eh bien, il ne peut pas faire mauvais accueil à Gérard. »

Six hommes portent le cercueil jusqu'à la tombe, creusée la veille au pied du muret de pierre. Anne se tient debout, seule à la proue du malheur, les mains bien au fond des poches d'un manteau de fourrure beige, comme si elle attendait un train fantôme sur le quai d'une gare de campagne, comme s'il n'y avait personne autour d'elle. Derrière, il y a pourtant Minou, écrasée de douleur et soutenue par deux hommes qui portent, sur le veston, un crêpe de deuil, Jean, le frère de Gérard, et plus loin, invisible, immense, l'ombre du père banni. Anne regarde disparaître, dans le trou profond, avec le corps de Rodrigue, sa propre vie. Elle jette des fleurs sur le bois clair, qu'étouffent aussitôt les pelletées de terre fraîche, dont le bruit mat achève le silence. Elle pourrait rester longtemps ainsi. Comme si elle s'enracinait. Comme si elle voulait se préparer à l'inéluctable décomposition du corps de la beauté. « Nous sommes seuls au monde, se dit-elle, toi couché, moi debout, mes yeux traversant le bois et le plomb. »

Là-haut, l'église Notre-Dame-de-l'Assomption sonne le glas. Pas d'épitaphe sur la pierre tombale, simple et blanche comme une borne, où sont gravés, en lettres maigres, les repères, que le temps effacera, d'une vie brève : « Gérard Philipe, 4 décembre 1922 – 25 novembre 1959 ». Pas non plus de discours, pas de condoléances, pas de musique, ni les violons viennois de Mozart ni les trompettes avignonnaises de Maurice Jarre. Aucun protocole. Mais cette sidération, juste après un tremblement de terre, quand la nature est hébétée et que le sol craquelé grince encore. Elle finit par se retourner, caresse tendrement la joue de Minou, embrasse Jean, serre la main de quelques proches, et puis s'éclipse sans un mot, sous une pluie fine, au moment où les cloches sonnent maintenant les douze coups de midi.

Le soir, tandis qu'Anne est dans le train pour Paris, Jean Vilar monte sur la scène du théâtre de Chaillot, avant la représentation de *Meurtre dans la cathédrale*, de T.S. Eliot, dans sa soutane violette d'archevêque. Il a les traits tirés, les yeux humides, la croix pectorale et la voussure des vieux prélats. D'une voix très lente, crépusculaire, détachant chaque mot, il s'adresse au public du TNP sur le ton de la confidence, au bord des larmes, et augmente le texte qu'il a prononcé, dans un état second, trois soirs plus tôt.

Mesdames, Messieurs, Gérard n'est plus.

Dans une terre qu'il aimait, proche de cette Méditerranée qui le vit naître, voilà qu'il repose depuis la tombée de ce jour.

La mort a frappé haut. Elle a fauché celui-là même qui, pour nos filles et nos garçons, pour nos enfants, pour nous-mêmes, exprimait la jeunesse.

Il reste à jamais gravé dans notre mémoire.

Travailleur acharné, travailleur secret, travailleur méthodique, il se méfiait cependant de ses dons qui pourtant étaient ceux de la grâce.

Il reste l'un des plus purs visages de notre profession.

Il était loyal. Cela aussi, comment l'oublier ?, il était fidèle. Fidèle à ses engagements du premier jour. Quoi qu'il advînt, quoi qu'il advienne, cette fidélité de lui à nous, de nous à lui, seule la mort pouvait la rompre. Elle l'a fait.

Cependant il nous faut continuer, c'est une loi de notre métier et ce sera le meilleur hommage à sa mémoire.

Que la minute de silence à laquelle je vous convie ce soir soit le témoignage de notre tristesse et de notre deuil.

La salle applaudit de longues minutes. Un ange passe. Il y a seize ans, celui de *Sodome et Gomorrhe* disait : « La mort n'a pas suffi, la scène continue. »

MARLY-LE-ROI

dimanche 29 novembre 1959

Un homme de soixante-quatorze ans, qui a incarné Alceste sous les lambris de la salle Richelieu et pense avec Molière que « l'amitié demande un peu plus de mystère », prie, seul, dans son petit appartement où la poussière recouvre des piles de vieux livres reliés. Il ne peut plus s'épancher auprès de sa femme, l'actrice Jeanne Delvair, disparue dix ans plus tôt, et il refuse obstinément de répondre aux journalistes qui, en français, en anglais, en japonais, en russe, le harcèlent au téléphone depuis quatre jours. Depuis que la mort de Gérard Philipe n'en finit pas d'être portée à la Une des quotidiens du monde entier, de faire crépiter les téléscripteurs de Reuters, d'Associated Press, de Kyodo News ou de l'agence soviétique Tass, et de susciter, dans toutes les capitales, des manifestations d'émotion, des cortèges de stupéfaction, des torrents de larmes. Pas un théâtre, de Moscou à Broadway, de Londres à Buenos Aires, où, avant le lever du rideau, l'on n'observe une minute de silence pour rendre hommage au jeune Cid de France, fauché comme une alouette en plein ciel.

Enfoncé dans son fauteuil, il se parle à lui-même et pleure la disparition de son enfant rêvé, dont la jeunesse assidue narguait si joliment les vieux jours. Catholique fervent, celui qui consacre sa retraite à l'art dévotieux et méticuleux du vitrail demande à Dieu d'accueillir dans son royaume cet enfant apostat, mais dont la générosité, la compassion, la morale et le sourire, pense-t-il, étaient tellement chrétiens.

Sociétaire de la Comédie-Française, où il a joué un Volsque chez Shakespeare, un seigneur chez Marivaux, un vicomte chez Mirbeau, chez Boileau, chez Renan, un pape chez Claudel, un curé chez Mauriac, Georges Le Roy a été un professeur charismatique du Conservatoire, où ses propres maîtres furent Mounet-Sully et Sarah Bernhardt. Aujourd'hui retiré de la scène du monde et du théâtre, vivant comme un moine cistercien, contemplatif et hors du temps, il n'oublie aucun des élèves auxquels il a enseigné la diction française, le phrasé du vers, la gestuelle et le maintien, ni Edwige Feuillère, ni Denise Gence, ni Micheline Boudet, ni Jean-Paul Belmondo, ni Jean-Pierre Marielle, ni Claude Rich. Mais c'est de Gérard Philipe qu'il se souvient avec le plus d'émotion et dont la disparition blesse son cœur usé de croyant malmené.

Le garçon échevelé de vingt-deux ans qui, en

octobre 1944, venait d'être admis dans sa classe, en deuxième année, était précédé par une rumeur flatteuse : il avait fait une apparition, au cinéma, dans *Les Petites du quai aux fleurs*, de Marc Allégret, avait participé aux combats de la Libération de Paris et pris l'habitude, après les cours, de sortir du Conservatoire de la rue de Madrid en sautant par la fenêtre. Georges Le Roy comprit aussitôt quel comédien prodigieux couvait sous les traits narquois du ragazzo cannois, capable, au pied levé, de se jeter sur un rôle qu'il ne connaissait pas. Comme ce jour où, alors qu'un élève travaillait une scène du *Cromwell*, de Victor Hugo, et insultait le vieux juif Manassé, Gérard sortit des rangs et bondit en suppliant de pouvoir donner la réplique, se glisser dans la peau du vieillard humilié, comme s'il voulait l'épauler et le venger. Il lui apprit à respirer pour bien dire les stances, à bouger, à calmer son ardeur de jeune fauve, à canaliser son impertinence, il lui apprit « la loyauté devant la tâche », il lui apprit le prix du sacerdoce et, surtout, l'irrépressible amour du théâtre. Grâce à lui, disait Gérard, j'ai su « me tenir droit, le jarret tendu, face à la vie ».

Longtemps après le Conservatoire, comme si son succès était trompeur, le disciple continua sans relâche d'en appeler à son professeur, de lui envoyer des témoignages de fidélité, quelques mots griffonnés sur des cartes postées aux quatre coins du monde : « Mon cher maître, toujours de loin, mais toujours le cœur près. » C'est vers lui qu'il se tourna lorsqu'il accepta finalement la proposition de Jean Vilar de jouer *Le Cid*, c'est dans son appartement qu'il répéta, soir après soir, qu'il se prépara à être Rodrigue dans la cour d'honneur, à rassembler en un seul personnage les trois grandes actions humaines, « l'intérieure, la verbale et la corporelle », à donner de la voix dans le mistral fou pour en triompher, et même à défier Dieu, à le tutoyer.

Venu d'Eygalières, où il possédait une maison dont Gérard avait restauré au pied levé un mur effondré, Georges Le Roy avait applaudi, au festival d'Avignon, le sacre de son disciple : « Vous avez saisi tout de suite ce que Mounet-Sully a tardé à comprendre : que Rodrigue est le héros sans le savoir, un être gai, heureux d'aimer et de revoir le soleil du matin. » Répondant l'année suivante à ses vœux, il lui avait écrit : « Votre magistrale rentrée dans Rodrigue continue de me ravir. Soyez celui qui aura compris et travaillé assez pour retrouver l'esprit qui a fait les grandes choses et qui en referait de tout autres en d'autres temps. Cette belle pensée de Paul Valéry me semble quelquefois justifiée pour vous. » Il avait la conviction que son élève avait révolutionné l'interprétation française de l'héroïsme, modernisé le jeu classique, rendu actuelles des tragédies révolues, à la fois consacré et subverti la tradition de la poésie dramatique. Il répétait volontiers, en préambule à ses cours, la réponse cinglante donnée par le comédien au journaliste de la radio qui, tendant son micro après une représentation de Chaillot, lui avait demandé : « À quoi attribuez-vous ce renouveau, cette jeunesse du *Cid* ? » « À Pierre Corneille. » Et quand, il y a un an et des poussières, à l'été 1958, Gérard allait retrouver le palais des Papes pour jouer *Les Caprices de Marianne*, le maître, qui avait été un grand Perdican, se mit à nouveau à sa disposition et lui écrivit : « Je n'ai jamais osé jouer Octave, mais je vois celui-ci rôder autour de vous et en vous, et je n'entends que de beaux accords. » « Ce sont vos jugements, répondit Gérard, qui m'ont confirmé dans mon goût de revenir à Musset. »

En fait, depuis le Conservatoire, ils ne s'étaient jamais quittés. Georges Le Roy avait vu croître et s'accomplir l'acteur qu'il aurait aimé être, dans des rôles éclatants que le destin lui avait refusés. Il l'avait rappelé à son engagement premier, fondamental, à la pierre de touche de son art, le théâtre, lorsque le cinéma, cet ogre, lui offrait la gloire et la fortune. Il avait toujours répondu avec précision, afin de les dissiper, à ses doutes et à ses inquiétudes. Il avait admiré ce garçon qui avait la grâce, mais ne s'en contentait pas, et dont il avait reçu autant qu'il lui avait donné. Peut-être même davantage. Et voici qu'il pense au mot si juste de Maria Casarès : « C'était un homme qui cherchait avidement, farouchement, à devenir homme. »

Aujourd'hui, il se sent orphelin de ce fils, de cet

élève « de grande race » qui avait le diable au corps et le bon Dieu au cœur. Il se souvient de lui avoir dit, après un cours : « J'ai l'impression que votre clavier devrait s'étendre, un jour, du Menteur de Corneille à l'Hamlet de Shakespeare. » Quinze ans plus tard, alors qu'il assistait à une pièce montée par Jean Vilar au théâtre Récamier, Gérard avait profité de l'entracte pour s'approcher de son vieux maître, assis au premier rang, avait mis un genou de chevalier à terre et lui avait soufflé, avec un grand sourire : « Vous aviez raison, il se pourrait que je joue prochainement *Le Menteur* et *Hamlet.* » C'était le 23 octobre 1959, c'était il y a un mois. Il n'aura pas pu dire : « Être ou ne pas être, telle est la question », parce qu'il n'est plus.

LITTÉRATURE VAGABONDE, Flammarion, 1995. Pocket, n° 10533, édition augmentée.

PERSPECTIVES CAVALIÈRES, Gallimard, 2003 (prix Pégase de la Fédération française d'Équitation). Folio, n° 3822.

LES LIVRES ONT UN VISAGE, Mercure de France, 2009. Folio, n° 5134, édition augmentée.

GALOPS, PERSPECTIVES CAVALIÈRES II, Gallimard, 2013. Folio, n° 5622.

LE VOYANT, Gallimard, 2015 (prix littéraire de la Ville de Caen ; prix Nice Baie des Anges ; prix Relay des voyageurs ; prix d'une vie Parisien-Magazine ; prix Robert-Joseph des Écrivains combattants). Folio, n° 6115, édition augmentée. Folio+ Collège, n° 27, présentation et dossier de Marianne Chomienne. CD : coll. « Écoutez lire », lu par Laurent Poitrenaux.

NOS DIMANCHES SOIRS, Grasset, 2015. Folio, n° 6375.

Journal

CAVALIER SEUL, Gallimard, 2006. Folio, n° 4500, édition augmentée.

Correspondance

FRATERNITÉ SECRÈTE, CORRESPONDANCE JACQUES CHESSEX-JÉRÔME GARCIN, Grasset, 2012.

Dialogues

ENTRETIENS AVEC JACQUES CHESSEX, La Différence, 1979.

SI J'OSE DIRE, ENTRETIENS AVEC PASCAL LAINÉ, Mercure de France, 1982.

L'ÉCOLE BUISSONNIÈRE, ENTRETIENS AVEC ANDRÉ DHÔTEL, Pierre Horay, 1983.

DE MONTMARTRE À MONTPARNASSE, ENTRETIENS AVEC GEORGES CHARENSOL, François Bourin, 1990.

Direction d'ouvrages

DICTIONNAIRE DE LA LITTÉRATURE FRANÇAISE CONTEMPORAINE, François Bourin, 1988. Édition augmentée : DICTIONNAIRE

DES ÉCRIVAINS CONTEMPORAINS DE LANGUE FRANÇAISE PAR EUX-MÊMES, Fayard-Mille et une nuits, 2004.

LE MASQUE ET LA PLUME, avec Daniel Garcia, Les Arènes, 2005 (prix du Comité d'Histoire de la radiodiffusion). 10/18, n° 3859.

NOUVELLES MYTHOLOGIES, Le Seuil, 2007. Points-Essais, n° 661.

LES MEILLEURS ZEUGMAS DU MASQUE ET LA PLUME, illustrations de Jochen Gerner, Gallimard, 2016. Folio entre guillemets n° 14.

Composition : IGS-CP à L'Isle-d'Espagnac (16)
Achevé d'imprimer
par CPI Firmin-Didot
à Mesnil-sur-l'Estrée, en septembre 2019
Dépôt légal : septembre 2019
Numéro d'imprimeur : 154612

ISBN . 978-2-07-279729-3/Imprimé en France

336621